Eli & Lajergarr

정령의 펜던트

발렌 판타지 장편소설

ORIGINAL FANTASY STORY & ADVENTURE

dream
books
드림북스

정령의 펜던트 19 태고의 신물

초판 1쇄 인쇄 2022년 2월 8일
초판 1쇄 발행 2022년 2월 22일

지은이 발렌
발행인 오영배
편집 편집부
일러스트 보살
표지 · 본문 디자인 오정인
제작 조하늬

펴낸 곳 (주)삼양출판사 · 드림북스
주소 서울시 강북구 도봉로 173
대표 전화 02-980-2112 **팩스** 02-983-0660
편집부 전화 02-987-9393 **팩스** 02-980-2115
블로그 blog.naver.com/dreambookss
출판등록 1999년 3월 11일 제9-00046호

ISBN 979-11-283-7107-3 (04810) / 979-11-283-9513-0 (세트)

드림북스는 (주)삼양출판사의 판타지 · 무협 문학 브랜드입니다.

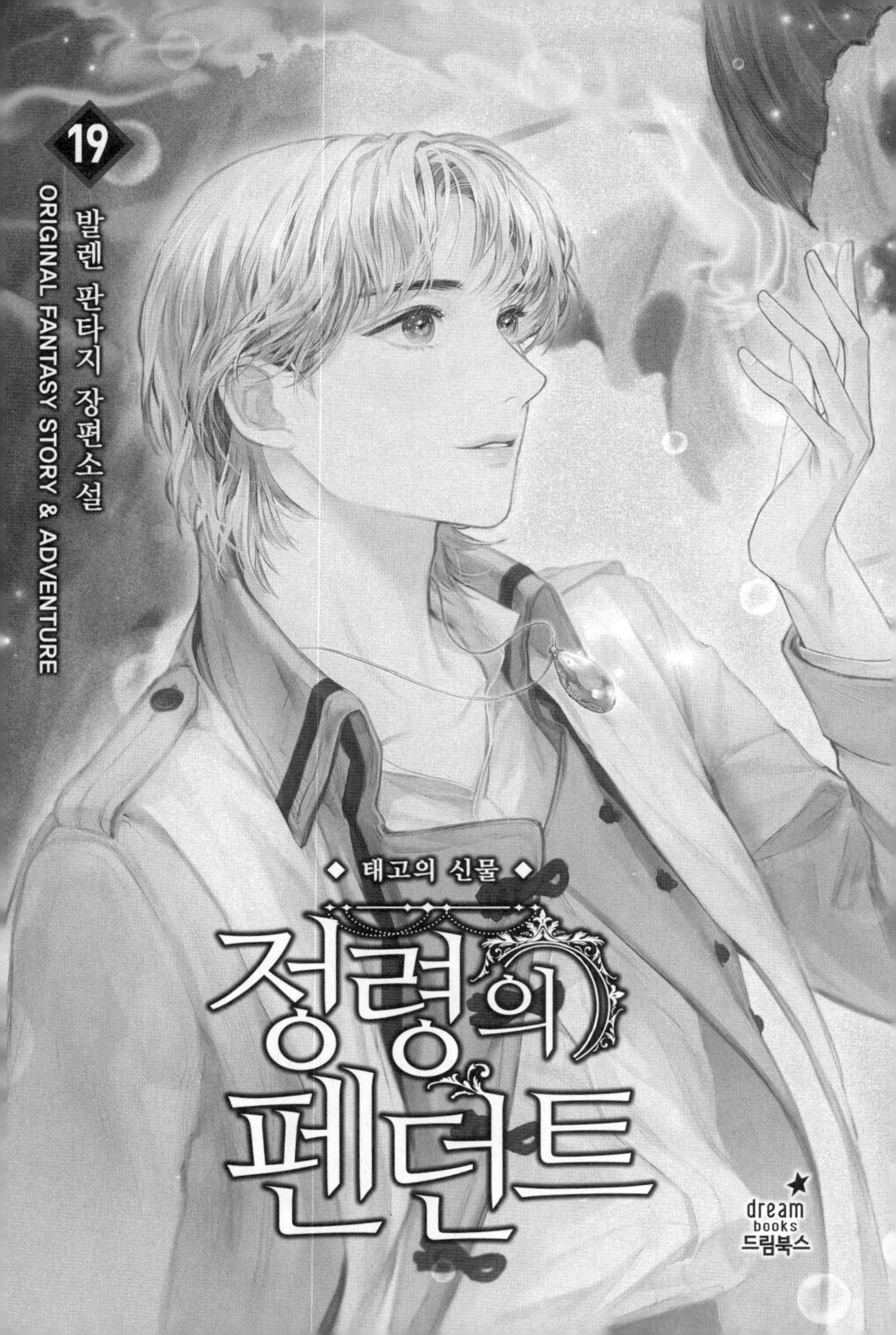
19
발렌 판타지 장편소설
ORIGINAL FANTASY STORY & ADVENTURE
태고의 신물
정령의 펜던트
dream books
드림북스

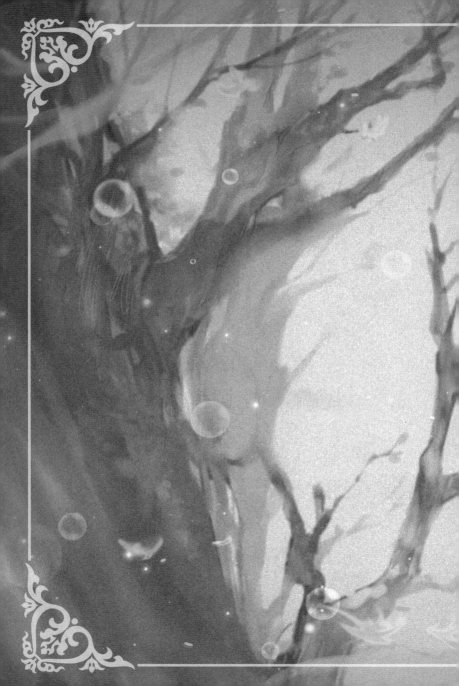

목차

Chapter 1 레드와 레드   007

Chapter 2 너만 두고 가진 않아   045

Chapter 3 방황의 끝   071

Chapter 4 엘라룸   097

Chapter 5 태초의 어둠   135

Chapter 6 다시 찾아온 평화   175

Chapter 7 세계수의 등장   199

Chapter 8 이상한 마을   237

Chapter 9 무뢰배의 땅   273

Chapter 10 약점   297

Chapter 1.
레드와 레드

1.

일라이가 샬라메를 처음 본 건 '그날'이었다.

양부인 라예가르가 레어를 비웠던 어느 날, 일면식도 없던 그녀가 갑자기 그를 찾아왔다. '그날'은 아버지가 피오도 심부름을 보냈기에 레어에는 일라이 혼자뿐이었다.

"네가 킬리안이로구나. 레드 일족의 마지막 헤츨링."

나긋한 음성으로 산뜻하게 웃으며 다가오는 샬라메를 킬리안은 잠시 멍하니 바라보기만 했다.

그녀는 아름다웠다. 사정상 많은 드래곤을 보지는 못했지만, 킬리안은 처음 본 순간 그녀가 특별하다는 걸 느꼈다.

그녀에게선 빛이 났다. 천대와 멸시 속에서 나고 자란 자신과는 다른 태생적인 고귀함과 우아함 같은 게 그녀에겐 있었다. 마치 자신의 양부와 같은.

그녀는 아직 본인의 이름조차 밝히지 않았지만, 킬리안은 상대가 누구인지 한눈에 보자마자 알았다.

골드 일족의 샬라메.

근래 들어 원로원의 무한한 지지를 받고 있다는 그녀는 자신의 양부인 라예가르와 대척점에 서서 이제라도 저를 없애야 한다고 주장하는 대표적인 인물이었다.

"만나서 반가워. 난 샬라메라고 한단다."

그녀는 믿을 수 없을 만큼 부드러운 음색으로 자신을 소개했다.

"잠깐 앉아도 되겠지?"

샬라메는 자신을 두려워하는 킬리안의 기색을 모른 척하는 건지 정말 모르는 것인지, 사뿐한 걸음으로 소파로 걸어가 앉았다. 양부인 라예가르가 늘 앉던 자리였다.

"여긴…… 무슨 일로 오신 겁니까?"

킬리안은 선 채로 물었다. 그는 떨지 않기 위해 애쓰는 중이었다.

"글쎄. 내가 널 왜 만나러 왔을까?"

샬라메가 방긋거리며 되물었다. 그녀가 고개를 한쪽으로

기울이자 굽이치는 긴 황금색 머리칼이 폭포수처럼 흘러내렸다.

"…절 죽이러 오셨습니까?"

"어머나. 무언가 오해를 한 것 같구나, 킬리안."

그녀는 눈을 동그랗게 떴지만, 조금도 놀란 얼굴이 아니었다.

"난 그저 말해 주고 싶은 게 있어서 왔단다. 아무래도 네가 모르는 것 같아서 말이지."

내가 모르는 얘기?

킬리안이 미간을 좁히자 그녀가 고개를 끄덕이며 자신의 앞쪽을 가리켰다.

"이리 와서 듣지 않겠니? 너에겐 나름 중요한 이야기라서."

"…아버지도 아시는 얘기입니까?"

"물론이야. 그가 모를 리 없지."

"그렇다면 아버지께 직접 듣겠습니다."

왜인지 모르겠으나, 킬리안은 그래야만 할 것 같았다.

게다가 샬라메가 시종일관 미소를 띠고 있었음에도, 그의 본능은 그녀에게서 도망치라고 계속 경고했다.

"흐음, 그러긴 어려울 텐데……."

"……?"

"그는 절대로 말하지 않을 거거든. 아니, 말할 수가 없을 거야. 네 친부를 자기 손으로 직접 죽였다고 어떻게 말하겠어? 가능한 한 꼭꼭 숨기고 싶을 테지. 안 그래?"

"그게…… 무슨 말씀입니까?"

킬리안은 자신이 지금 무슨 말을 들었나 싶었다.

내 친부를 누가 죽였다고?

킬리안 딴에는 너무나 어처구니없는 얘기였기에 그저 하릴없이 두 눈만 크게 슴벅거렸다.

"네 친부였던 광룡 라노스. 미쳐 날뛰던 그를 누가 제압했을 것 같니? 그만한 힘을 가진 자는 그리 많지 않단다."

"거짓말."

킬리안은 샬라메를 노려보았다.

그의 양부는 친절하고 살가운 이는 절대 아니었다. 오히려 틈만 나면 자신을 괴롭히고 곯려 먹는 데서 재미를 느끼는 몹쓸 성격의 소유자였다.

하지만 그가 자신의 친부를 죽였을 리 없다. 그런 최소한의 믿음이 킬리안에겐 있었다.

상식적으로 본인이 죽인 자의 자식을 데려와 키운다는 게 말이 되는가?

"그래. 쉽게 믿을 순 없겠지."

샬라메는 킬리안의 심정을 다 이해한다는 듯 딱한 표정

을 지었다. 킬리안은 어쩐지 그런 그녀의 얼굴이 퍽 작위적으로 느껴졌다.

"마족들이 한 짓을 제 양부에게 떠넘기지 마십시오! 제가 그런 것도 모르는 줄 아셨습니까?"

"훗, 마족이 한 거라고 누가 그랬니? 혹시 네 양부가 그러던?"

아니, 라예가르가 그렇게 말한 건 아니었다. 당시의 상황을 전해 들으며 킬리안 스스로가 추측한 것이지. 하지만 사실 그건 드래곤이라면 누구나 그렇게 생각하고도 남을 법했다.

"만약 그때 정말 네 말대로 마족이 라노스를 죽였다면, 지금 둘 중 어느 한쪽은 이 세계에 남아 있지 못했을 거야. 최후의 최후까지 자존심을 건 치열한 전쟁을 했을 테니까. 그런데, 현재 어떻지?"

마족도 드래곤도 아주 잘 살고 있었다. 킬리안은 자신을 향한 샬라메의 고요한 눈 속에서 무참히 떨고 있는 스스로의 모습을 발견했다.

"킬리안, 너는 그가 왜 너를 양자로 들인 것 같니? 레드 일족은 하나도 남기지 말고 모조리 없애자고 다들 성화인데, 혼자서 고집을 피우는 이유가 무엇일까?"

킬리안은 대답하지 못했다. 그도 이유를 모르기 때문이다.

"네가 불쌍해서?"

샬라메는 '으음' 하곤 머리를 가로저으며 본인의 말을 부정했다.

"그것도 아니면 널 이용하려고?"

"…어디에 말입니까?"

"그러니까. 쓸모없는 너를 이용해 먹을 데가 어디 있겠니? 지금도 귀찮은 일만 잔뜩일 텐데. 네 생각에도 그건 너무 말이 안 되지?"

샬라메는 느른한 어조로 킬리안의 정곡을 찔렀다.

같은 드래곤이지만, 레드를 증오하는 그들. 그것이 자신의 친부인 광룡 라노스 때문임을 모르는 바 아니나, 자식인 그까지 죄인 취급하는 것은 정말이지 넌더리가 날 정도였다. 정작 자신은 친부에 대해 이렇다 할 기억도 없었다.

"그가 널 책임지고 있는 건 죄책감 때문이야."

"죄책감이요……?"

"네게서 친부를 뺏어 간 셈이니까. 헤슬링에겐 차마 못할 짓이라 여긴 게지. 너만 할 때 제대로 보호받지 못한 헤슬링들이 참 많이도 죽거든."

킬리안은 돌연 그녀의 단정한 말투에서 서늘한 한기를 감지했다.

샬라메의 가벼운 손짓 한 번이면 그는 바로 즉사였다. 하지만 어째선지 그녀는 당장 그를 죽일 것 같지는 않았다. 그냥 느낌이 그랬다.

"속을 알 수 없는 위인이니 다른 이유가 더 있을 순 있겠지. 고룡으로서 아량을 베풀고 싶었는지도 모르겠고."

"…제게 이런 얘기를 해 주시는 이유가 뭡니까?"

"이제 내 말이 좀 믿기니?"

"……."

"난 네가 싫어."

갑작스러운 그녀의 고백에 킬리안은 저도 모르게 픽 웃음을 삼켰다.

"절 좋아하는 드래곤이 있기는 한답니까?"

새삼스러운 일도 아니었다. 킬리안은 수백 년을 부화도 하지 못한 채 잠들어 있었다. 그 시간 동안 드래곤들은 그의 부화를 허락할 것인지 말 것인지에 대해 저들끼리 떠들어 대고 결정하는 만행을 저질렀다.

운이 좋아서 세상에 나왔지만, 지금껏 냉대와 질시 속에 살아왔다고 해도 과언이 아니었다.

"네가 부모를 잘못 만난 탓이야. 레드 일족은, 특히나 네 친부는 들끓는 혈기를 다스리지 못했지. 그는 수많은 동족을 죽게 했고, 거기엔 내 오라비도 있었단다."

"……!"

킬리안은 처음 듣는 말이었다.

하면 자신을 증오하는 이들 전부가 그녀와 같은 일을 당했다는 것인가?

내 친부의 손에 가족을 잃었어?

친부가 큰 사고를 쳤다는 것까지는 들었어도, 그로 인해 수많은 드래곤이 가족을 잃었으리라고는 생각해 보지 못했다.

"개인적으로 너에게 악감정은 없어. 단지 난."

샬라메는 잠시 뭔가를 생각하듯 입술을 다물었다가 다시 열었다.

"같은 일이 반복되길 바라지 않을 뿐이야. 넌 라노스의 자식이고, 마지막 남은 레드이지. 성룡으로 자란 네가 과연 친부의 원수를 갚지 않으리란 보장이 있을까? 혹 또다시 같은 일을 벌이지 않으리라고는 누가 장담할 수 있지?"

킬리안은 누군가 정수리에 찬물을 끼얹은 듯한 충격에 휩싸였다. 역한 분노마저 차올랐다.

이것이 동족을 죽인 제 친부에 대한 노여움인지, 아니면 친부를 죽인 양부에 대한 격분인지, 더러운 핏줄을 이은 스스로에 대한 원망인지 저 자신조차 헷갈렸다.

"킬리안."

샬라메가 다정한 목소리로 속삭였다.

"우리에게 넌 언제 터질지 모르는 재앙 같은 존재란다. 살아서 움직이는 골칫덩어리지."

"그래서…… 절 죽이고 싶으신 겁니까?"

"언젠가는."

샬라메는 킬리안을 곧게 응시하며 말했다.

"그래야만 할 때가 온다면 말이야."

2.

그때 말했던 시기가 지금인 걸까?

옛 생각에서 빠져나오는 일라이의 앞으로 샬라메가 천천히 내려앉았다.

오랜만에 만나는 그녀는 여전히 아름다웠다. 금실이 수놓아진 연푸른빛의 드레스를 완벽하게 갖춰 입고 나타난 그녀를 마주한 순간, 일라이는 어쩌면 오늘이야말로 정녕 자신이 세상에서 지워지는 날이 될지도 모른다고 생각했다.

"안녕, 킬리안."

샬라메는 특유의 깨끗한 음색으로 매우 여상하게 인사했다. 일라이의 곁에 마황과 데스가 있음에도 그녀는 조금도 겁먹지 않은 눈치였다.

오히려 화사하게 웃으며 당당히 요구했다.

"저것들 좀 치워 주시겠어요?"

그녀가 말하는 '저것들'이라 함은 드래곤과 싸우고 있는 마족들을 뜻했다. 그녀는 살짝 눈꺼풀을 내리깐 채 힐긋거렸을 뿐이었다. 그러나 일라이는 흡사 제 목이 졸리는 듯한 느낌을 받았다.

그건 다른 이들도 마찬가지였다. 녀석의 친구들은 물론, 아이작을 포함한 기사단원들 역시 꼼짝할 수가 없었다. 샬라메는 아무것도 하지 않았지만, 사람들로 하여금 무엇도 할 수 없게 만드는 위압감을 풍겼다.

물론 마황과 데스는 예외였다.

"그럴 필요가 있을까? 한창 재밌어 보이는데."

"죽이지는 말라고 했으니까 너무 걱정할 필요는 없어."

둘의 태평한 답변에 샬라메의 눈가에 처음으로 미세한 균열이 일었다. 그러나 그녀는 끝까지 차분함을 잃지 않았다.

"이제 갓 성룡이 된 아이들입니다. 이쯤 하시죠."

"그러게 왜 주제도 모르고 덤비고들 그럴까. 요즘 그쪽 돌아가는 꼬락서니를 보면 한심하기가 이루 말할 수 없더군."

"먼저 조약을 깨뜨린 건 당신들일 텐데요."

"그래서 그 틈에 이 조그만 녀석을 없애려고, 위명이 자자하신 분께서 직접 나서신 건가? 마지막 레드라서?"

"그건 우리의 문제입니다. 그 이상 관여치 마십시오."

"나야 당연히 그러고 싶지."

마황은 순순히 고개를 주억였다.

"근데 말이야. 내가 인간계에서 어찌어찌 지내다 보니까 이상한 점이 하나 있더라고."

크루델리스가 짐짓 고민하듯 턱을 만지며 일라이를 골똘히 쳐다보았다.

"여기 녀석들은 라노스를 단순히 미친 드래곤이라고만 생각하고 있던데. 그게 아니라는 건 나도 알고, 너희도 알고 있지 않던가?"

"경고했습니다. 선, 넘지 마십시오."

"응? 난 그냥 지나간 일을 얘기하는 것뿐인데, 그게 선을 넘는 건가?"

마황이 주위를 둘러보며 물었지만, 답을 해 줄 수 있는 이는 아무도 없었다. 그 역시 답을 바라고 한 행동은 아니었다.

"라노스. 그자는 확실히 유달리 자기 제어를 못 하는 편이었어. 레드 일족이 본래 불같은 기질을 타고 태어난다고

하지만, 유독 심하긴 했지. 아마 여기까지가 도마뱀 꼬마도
알고 있는 사실일 거야."

"…거기에 내가 모르는 뭔가가 더 있다는 거야?"

마황의 표현은 어딘가 의미심장했다. 그에 저도 모르게
일라이가 그에게로 바투 다가섰다.

"넌 진짜 네 친부가 아무런 이유도 없이 미쳐 날뛰었을
거라고 믿는 거야?"

"그게 아니면…… 그게 아니면 뭔데?"

여태 자신의 친부가 화를 참지 못해 날뛰었고, 그래서 많
은 인간과 드래곤들을 죽인 줄만 알았다. 한데 뭔가 자신이
모르는 이야기가 더 있는 걸까?

대답을 바라는 일라이의 눈동자가 한층 더 붉게 일렁였
다.

"뮈사르."

"…뮈사르? 그게 뭔데?"

"네가 알아야 할 이름."

"이름?"

"보통의 드래곤은 홀로 알을 낳지. 그런데 가끔 그렇지
않은 경우도 있거든."

"그렇지 않은 경우라는 게 정확히 무슨 의미지?"

"뭐긴 뭐겠어. 부모가 둘이란 뜻이지."

부모가 둘. 그리고 뮈사르라는 이름을 가진 존재.

복잡하게 흔들리던 일라이의 눈동자가 어느 순간 선명해졌다. 그런 그의 귓가로 마황의 날카로운 음성이 날아와 박혔다.

"레드와 레드의 만남. 그래서 탄생한 게 너지. 아마 그런 조합은 드래곤 역사상 한 번도 없던 일일걸?"

"뮈사르가…… 그럼…….''

"그래, 드래곤들이 먼저 뮈사르를 죽였어. 어떻게 죽였는지, 왜 죽였는지는 나도 몰라. 라노스가 분노한 건 자신의 반려가 죽어서라는 거밖에는.''

"반려가 죽어서라고……?"

마황의 말을 그대로 따라 하던 일라이의 얼굴이 점점 일그러졌다.

친부에게 반려가 있었다. 그 말인즉슨, 일라이에게는 어머니가 있었다는 뜻이다.

"나는…… 나는…… 전혀 몰랐어."

인간이라면 누구에게나 어머니가 있지만, 드래곤 사회에서 부모가 둘 다 있다는 건 그야말로 특별한 일이었다. 일반적으로 드래곤은 홀로 알을 낳기 때문이다.

성룡이 되어 번식기가 찾아오면 본체로 돌아가 안전한 레어에서 알을 낳는데, 그것은 암수에 상관없었다. 드래곤이라면 남성체든 여성체든 누구나 후사를 볼 수 있었고, 그 모든 건 본인의 의사로 결정지었다.

하물며 그나마도 자식을 낳고 키우는 것을 귀찮아하는 이들이 많아 헤츨링의 개체 수가 점차 줄어드는 형세였다.

"어머니라니…… 나한테 어떻게……."

평생 있는지조차 몰랐던 어머니의 존재에 일라이는 부들부들 몸을 떨며 망연히 중얼거렸다. 녀석은 얼마나 놀랐는지, 정작 그 어머니를 드래곤들이 죽이고, 라노스가 그에 분노한 것이라는 중요한 사실을 인지하지 못한 듯했다.

"라이……."

샬라메의 압도적인 등장에 얼이 나가 있던 친구들도 마황의 말에 뒤늦게 정신을 차리고 일라이를 진정시키려 애썼다. 어깨와 팔을 붙들고 등도 쓰다듬어 봤지만, 녀석의 떨림은 좀체 멈추지 않았다.

"충격이 크겠지. 웬만하면 나도 말 안 하고 기다려 주려고 했는데, 쯧!"

마황은 본인이 상황을 이리 만들어 놓고선 난감하다는 듯 혀를 찼다. 그때, 퀸이 걱정 가득한 눈길로 일라이를 바라보며 크루델리스에게 물었다.

"본래 드래곤은 같은 일족 사이에선 후계가 생기지 않는다고 알고 있었는데, 아닙니까?"

"퀸, 그게 무슨 소리야? 후계가 안 생긴다니?"

인어족인 퀸은 드래곤의 번식법에 관해 어느 정도 아는 것 같았으나, 나머지 친구들의 표정을 보니 그들에겐 금시초문인 모양이었다. 하기야 인간들의 입장에선 선뜻 이해하기란 어려운 일일 수도 있었다.

"같은 피가 섞이면 후사를 볼 수 없다고 들었는데요. 제가 잘못 알고 있는 겁니까?"

"아니, 제대로 알고 있네."

마황은 성가시게 되었다는 양 한숨을 내뱉더니 팔자에도 없는 드래곤에 관한 설명에 들어갔다.

"드래곤은 태어나는 순간부터 마법을 부리는 강한 종족이야. 그들의 심장인 드래곤 하트는 물론, 뼈와 피 등에도 강력한 마나가 담겨 있지. 이런 힘들은 그 기질이 비슷할수록 충돌이 거셀 수밖에 없어. 원활한 융합이 이루어지지 않는다는 얘기야."

"뭘 그렇게 복잡하게 말해? 한마디로 골드와 골드, 블랙과 블랙. 이런 조합으로는 자식을 낳을 수 없다는 거잖아. 그런데 저 녀석이 정말로 레드와 레드 사이에서 나왔다고? 그걸 왜 난 몰랐지? 댁은 어떻게 알았고?"

"내가 어떻게 알았는지가 중요해? 너야 원체 아무 데도 관심이 없었으니까 몰랐겠지. 마황은 아무나 하는 줄 아나."

한심하다는 듯 데스를 쏘아보던 크루델리스가 이어 말했다.

"이 녀석 말처럼 같은 일족끼리는 자식을 낳을 수 없지만, 일족이 다르면 가능하다. 문제는 둘 중 어떤 혈통을 쥐고 태어날지를 모른다는 거지."

"그러니까 골드와 블랙의 조합이면 골드가 나올 수도, 블랙이 탄생할 수도 있다는 말인가요?"

"맞아. 마법의 정점에 서 있다는 드래곤들도 제 자식의 혈통을 선택할 수 없다니, 참 웃긴 일이지 않아?"

마황은 그 사실이 매우 재미있다는 듯 키들거렸다.

"드래곤 사회에선 일족 간의 유대 관계가 아주 친밀해. 일족의 수가 많을수록 원로원에서의 발언권이 강해지는 건 당연하고."

"그러면 애초에 혼자가 나은 것 아닌가요? 홀로 제 일족의 후손을 낳을 수 있는데, 뭐 하러 타 일족의 상대를 찾아 그런 확률 게임을 자처합니까?"

라나사의 깔끔한 정리에 마황은 한쪽 눈을 찡긋했다.

"그럴수록 더욱 강한 놈이 태어나거든. 그렇지만 그보다 더 중요한 건 일족의 번영이지. 그래서 드래곤 사회에선 홀로 자식을 낳아 키우는 것이 보편적이야."

"그런데 라이는요? 부모님들이 모두 레드라면서, 라이는 어떻게 태어난 거예요?"

마황이 본인 입으로 직접 그랬다. 레드와 레드의 만남. 역사상 단 한 번도 이런 조합은 없었다고.

"그 점이 불가사의야. 불가능이 가능했던 이유. 그게 뭘까?"

일라이를 보는 마황의 시선이 가느다래졌다.

"당시 레드 일족은 라노스와 뮈사르, 딱 이 둘뿐이었어. 그들을 향한 드래곤들의 오랜 멸시와 그로 인한 반목 탓이었지. 이건 그냥 내 추측인데, 그런 환경 속에서 오히려 서로를 좀 더 애틋하게 느끼지 않았을까? 상대에 대한 진심이 불가능을 가능으로 만든 거지."

데스가 그 무슨 개풀 뜯어먹는 소리냐는 듯 인상을 찌그린 반면, 친구들은 납득이 간다는 양 나란히 고개를 끄덕거렸다.

"레드는 드래곤 중에서도 특히 강한 일족이다. 그런 부모의 기운을 모두 물려받고 희박한 확률로 태어났으니, 저 꼬맹이가 얼마나 강할지 나로서도 좀처럼 짐작이 안 되는군."

마황은 라노스를 직접 본 적이 있었다. 그자의 새끼라면 일라이 역시 보기 드문 힘을 지녔을 테고, 그건 곧 남은 드래곤들에겐 위협이 될 터였다.

"대체…… 대체 왜……?"

일라이의 붉은 눈동자에 서서히 초점이 돌아왔다. 그가 탁해진 음성으로 마치 신음하듯 샬라메에게 물었다.

"내 어머니를…… 왜 죽였지?"

혼탁한 머릿속이 이제야 조금씩 정돈되었다. 일라이는 도무지 믿기지 않는 현실 앞에서 겨우겨우 이성을 끌어모아 그녀에게 답을 요구했다.

"대답해."

"그게 중요하니? 이제 와서?"

모르는 편이 훨씬 나았겠지만, 샬라메 입장에서 달라질 건 하나도 없었다. 굳이 중간에 나서 억지로 말을 끊지 않은 것은 딱히 절대로 알려져선 안 될 비밀도 아닌 탓이었다.

"너희 레드는 애초에 이 세상에 만들어져서는 안 되었어. 언젠가는 드래곤 사회를 파멸로 이끌 족속들이었다고."

"또 그놈의 광기 타령이야?"

일라이가 지금껏 살면서 귀에 딱지가 내려앉도록 듣던 말이었다. 레드 혈통에 섞인 광기를 다스리지 못하면 광룡 라노스처럼 결국 폭주하게 되고 말 거라던.

"그건 어느 정도 맞는 말이긴 해."

다시금 마황이 끼어들었다.

"봐주는 건 여기까지입니다."

더 이상의 개입은 정녕 용납하지 않겠다는 듯 샬라메가 금안을 번뜩였지만, 그런 게 크루델리스에게 통할 리 없었다.

"드래곤 사회에서 사고를 치는 건 언제나 레드 일족이었거든. 그들의 피가 남다르다고 해야 할까? 만일 레드가 가진 힘을 통제만 잘했다면, 조금만 더 현명하게 굴었더라면 이런 사태까지는 오지 않았을 거야. 뭐, 결국 시기와 질투가 불러온 참사라고 할 수 있겠군."

"시기와 질투요?"

"보면 모르겠어?"

에이단의 물음에 마황이 샬라메를 턱으로 가리켰다. 그녀는 여전히 고상한 척 도도한 자태로 자리를 지키고 있었지만, 눈빛만큼은 변화를 숨길 수 없었다.

"저들은 레드의 힘이 탐나는 한편, 두려웠던 거야. 그래서 합심해서 핍박을 한 거지. 질투라는 게 이렇게 무서운 거라니까."

마황의 말투는 어쩐지 쓸쓸함을 담고 있었다. 희미한 노기마저 느껴졌다.

"마황씨이나 되어서 헛소리를 참 잘도 하시는군요."

샬라메가 비소를 머금은 채 마황을 노려보았다. 그녀는 크루델리스의 말을 헛소리라 부정했지만, 달라진 기세는 오히려 긍정하는 꼴이었다.

"하하! 이 모든 게 그딴 말 같지도 않은 이유 때문이라고?"

레드 일족의 멸문이 오로지 그들만의 잘못이 아니란 사실에, 아니, 전혀 그들의 잘못이 아니란 진실에 일라이는 난데없이 웃음이 터졌다.

어이가 없었다.

그간 광룡 라노스의 아들이란 이유만으로 숨죽이며 살아왔다. 아비가 크나큰 죄를 지었으니 드래곤들이 저를 증오하는 건 당연하다고 여기면서.

그런데 정작 그의 친부는 아무런 죄도 저지르지 않았다. 그저 어머니의 억울한 죽음에 분노하였을 뿐이다.

수천 년을 살아가며 스스로를 최고의 지성체라 일컫는 자들이, 고작 시기와 질투에 눈이 멀어 이따위 짓을 벌였다.

이제껏 보았던 어떤 희극보다도 더 우스웠다.

이 얼마나 어처구니없는 상황이란 말인가.

"뮈사르……."

낯선 이름을 읊조려 보던 일라이의 눈에 핏발이 섰다. 그런 녀석의 표정은 어느 때보다 비통하고 참담해 보였다.

"내 어머니를 죽인 자가 누구지?"

"……."

"샬라메, 당신이야?"

일라이에게서 고룡에 대한 존중은 이제 찾아볼 수 없었다. 그는 살의를 숨기지 않고 드러냈다.

"나라면 어떡할 건데?"

그 모습이 가소로운 듯 샬라메가 냉연한 미소를 흘렸다.

"뮈사르, 그녀가 지은 죄는 너무나 명확했다. 널 낳은 것. 그게 그녀가 죽은 이유야."

레드와 레드의 사이에서 태어난 일라이의 존재는 드래곤들에겐 시한폭탄과도 같았다. 드래곤 역사상 유례없던 일이었거니와, 심지어 그것이 하필 그들이 박해하던 레드 일족이라는 건 드래곤들을 긴장케 하기에 충분했다.

"진작 좀 말해 주지 그랬어."

일라이의 억눌린 잇새로 한탄과도 같은 말이 쏟아졌다.

"그랬다면 당신들이 원하던 대로 미쳐서 날뛰어 주었을 텐데. 그러면 명분이 섰을 테고, 바로 날 죽일 수 있었을 거잖아."

"그러잖아도 그걸 기대하고 널 찾아갔었단다."

"…아, 그랬던 건가?"

샬라메를 처음 만났던 날이 재차 떠오르자 일라이는 고소를 금치 못했다.

"네 양부가 친부를 죽였다는 사실을 알면 배신감에 화를 내지 않을까, 내심 기대했는데 너무 얌전히 도망갔더구나."

당시 일라이는 라예가르에 대한 원망을 불을 지르는 것으로 대신했다. 그리고 스스로 그와의 절연을 택하고 인간계를 정처 없이 떠돌았다. 그러다 아카데미에 입학했고, 친구들을 만난 셈이다.

"로드의 훈련이 조금은 효과가 있던 것 같더군. 그게 얼마나 갈지는 모르겠다만."

"당신은 그때 그가 나를 위해서 천 년의 수명을 걸었다는 얘기도 해 줘야 했어."

"내가 왜?"

"그랬으면 아마 당신이 바라던 대로 되었을지도 모르거든."

"훗, 로드의 수명이 얼마 남지 않은 걸 아는 모양이지? 친부를 죽인 원수라도 양부에 대한 애정은 있다는 건가?"

같은 골드 일족이자 로드인 라예가르를 거론하면서도 그녀에게선 일말의 존경심도 느껴지지 않았다. 외려 그의 죽음을 기다리는 것 같기도 했다.

"그가 널 살리자고 했을 때 끝까지 막았어야 했는데!"

그게 천추의 한이라는 듯 샬라메가 독기를 뿜어냈다.

"맞아. 당신들은 그래야 했었어!"

별안간 일라이의 옷자락이 펄럭이기 시작했다. 녀석의 붉은 머리칼 역시 잇따라 휘날렸다.

"그자도…… 라예가르도 내게 모든 걸 털어놓았어야 했어!"

"그는 네 몸속에 흐르는 피가 언제 들끓을지 몰라 자나 깨나 걱정이었지. 네 말처럼 너의 발작은 우리에게 명분을 주었을 테니까. 그래서 최대한 숨기고 싶었을 거야. 그런 짐작도 못 해? 아들이랍시고 함께할 땐 언제고, 그를 그렇게 모르나?"

"아니. 너무 잘 알아서 문제지."

고오오오!

일라이를 중심으로 대기가 소용돌이쳤다. 녀석은 마치 이지를 상실한 것처럼 중얼거렸다.

"그는 날 위해서 그러면 안 되었어. 그냥 죽게 내버려 두든가, 미쳐서 날뛰게 하든가 해야 했다고. 그러면, 적어도 지금 이렇게 기분이 더럽진 않았을 것 같거든."

콰앙!

녀석의 말이 끝남과 동시였다. 순식간에 거대한 화마가

일대를 뒤덮으며, 일라이가 샬라메를 향해 맹렬하게 돌진했다.

"라이!"

녀석의 폭주에 놀란 친구들이 비명을 질렀지만, 무언가에 막혀 소리가 차단되었다.

"뭐, 뭐지?"

어느 틈엔가 투명한 막이 그들 주변을 둘러싸고 있었다. 그건 마치 겨울철 호숫가에 낀 살얼음 같기도 했다.

에이단은 본능적으로 마황을 돌아보았다.

"뭐긴 뭐야, 보호막이지. 너희 모두 내가 조금만 늦었어도 바로 통구이 됐을걸?"

마황은 자신 덕분에 목숨을 구제한 거라며 큰 목소리로 생색을 냈다.

"애초에 하얀 아저씨가 예상치도 못한 얘길 하는 바람에 이 사달이 난 거잖아요! 우리 라이 어쩔 겁니까? 저러다 다치기라도 하면 책임지실 거예요?"

에이단은 마황의 보호막 안쪽에서 펄쩍펄쩍 뛰었다. 일라이는 이제 막 엄청난 진실을 알아 버렸다. 정신적 충격이 상당할 터, 이러다 녀석을 잃기라도 할까 봐서 에이단은 더럭 겁이 났다.

"이사장님은? 이사장님은 안 오시는 거야?"

라나사가 다급히 물었지만, 아들인 일라이도 모르는 걸 그들이라고 알 리 없었다. 그녀는 얼마 전 자신의 상황과 일라이의 현재 모습이 겹쳐지는지 누구보다 안타깝다는 듯한 표정을 하고 있었다.

"불길이 점점 거세지고 있어! 레도 일족의 광기가 폭발하면 라이는 어떻게 되는 거지?"

광룡 라노스의 끝은 죽음이었다.

'만일 녀석이 친부의 뒤를 따른다면⋯⋯.'

불길한 상상에 로건은 저도 모르게 입술을 꽉 깨물었다. 친구의 고통을 눈앞에 마주하고서도 아무것도 도울 수 없다는 게 그를 괴롭게 했다.

"그게 문제가 아니야."

친구들이 저마다 일라이를 걱정하며 발을 동동 구를 때, 퀸이 심각한 낯빛으로 냉철하게 말했다.

"녀석은 아직 헤츨링이야. 200살도 안 된. 아무리 라이가 강하다고 해도 또래에 비해서이지, 저 여자의 상대가 될 순 없을 거라고."

투명한 장막 너머로 보이는 건 일라이를 중심으로 활활 타오르는 세찬 불기둥이었다. 마황의 비호 덕에 열기가 전해지진 않았지만, 그 기세만큼은 만물을 녹이고도 남을 만큼 대단했다.

하지만 정작 샬라메는 그 뜨거움과 정면으로 충돌하면서도 일말의 당황도 비치지 않았다. 아니, 그녀는 오히려 웃고 있었다.

실제로 일라이의 불길은 그녀에게 전혀 영향을 끼치지 못하고 있었다.

위험천만하게만 보이는 작금의 상황이 샬라메에게는 그저 어린아이의 귀여운 재롱으로만 여겨지는 듯했다. 당장이라도 그녀가 마음만 먹는다면 일라이의 생명을 단숨에 앗아갈 것만 같았다.

"너희 도마뱀 꼬마 친구가 화가 단단히 난 모양이야. 내 기운까지 상쇄시킬 줄은 몰랐는데."

마황의 투덜거림 따위는 그들의 귀에 들어오지도 않았다. 라예가르나 바율이 한시라도 빨리 와 줬으면 하는 바람뿐이었다.

"봉인이 풀리려나……."

녹아내리는 방어막을 한층 더 강화하며 크루델리스가 홀로 구시렁거릴 때였다.

"킬리안, 고작 이 정도로 감히 나에게 대든 것이니?"

샬라메의 고저 없는 음색이 마황의 보호막을 뚫고 친구들에게까지 들려왔다.

그녀의 몸이 천천히 허공으로 상승하자, 휘몰아치던 대

기가 일순간 쥐 죽은 듯 고요해졌다.

"안 돼⋯⋯."

온몸의 감각이 퀸에게 소리쳤다. 무언가 끔찍한 일이 벌어질 거란 불안한 예감이 그를 사로잡았다. 마황과 데스에게 도와 달라는 말조차 나오지 않았다.

퀸뿐 아니라 다들 정지 마법에 걸리기라도 한 것처럼 순간 아무 말도, 아무런 행동도 취할 수 없었다.

밤하늘에 별안간 나타난 황금 빛깔의 창.

섬뜩한 예기를 뿜어내며 초연히 등장한 그 창을 보고 그저 버겁게 숨을 삼켰다.

"날 마음껏 원망해도 좋단다. 라노스와 뮈사르에게 안부라도 전해 주렴."

샬라메의 말이 끝나기가 무섭게 황금빛 창이 일라이를 향해 엄청난 속도로 날아갔다.

"피, 피해!"

"라이!"

친구들은 약속이라도 한 듯 일제히 비명을 질렀다. 에이단은 이성을 잃고 불길을 향해 뛰어들려 했지만, 마황의 장막에 가로막혀 뜻을 이루지 못했다.

일라이는 저 창을 피할 수 없을 것이다. 왜인지는 몰라도 친구들은 그 순간 모두 그렇게 생각했다.

그리고 현실은 정말 그들의 예견대로 되었다.

황금빛 창이 강렬한 불길을 헤치고 일라이의 가슴팍에 꽂혔다. 화염은 조금의 방해조차 되지 못했다.

샬라메의 황금 창은 일라이의 드래곤 하트를 노리고 날아가 정확히 명중했다.

파핫!

눈부신 섬광이 터졌다. 친구들이 눈을 감기 전 마지막으로 본 것은 화마 속에서 고통으로 울부짖는 일라이의 모습이었다.

그리고 잠시 후 다시 눈을 떴을 땐 빛나던 황금색 창도, 랑트를 집어삼킬 듯 타오르던 불길도 전부 사라지고 없었다.

대신 그 자리를 차지한 건 한 마리의 거대한 레드 드래곤이었다.

쿠아아항!

위협적인 드래곤의 울음소리가 일대를 뒤흔들었다.

"…라이?"

일라이는 이 세계에 남은 유일한 레드 일족이었다. 그러니 갑자기 나타난 눈앞의 드래곤은 분명 일라이가 맞았다.

그런데도 친구들은 의아하기만 했다.

그 감정의 이유가 드래곤으로 변한 일라이를 처음 봐서

인지, 아니면 녀석이 생각보다 너무 멀쩡해서인지 스스로
도 잘 분간이 안 갔다.

"헤츨링치고 덩치가 제법인데?"

일라이를 품평하는 듯한 데스의 말에 마황이 고개를 끄
덕이며 동의했다.

"그러게. 과연 레드와 레드의 조합이로군."

드래곤은 성체가 되고 나면 더 이상 몸집이 크지 않는다.
체격과 능력은 비례해서, 갓 성룡이 된 이들 사이에선 그것
으로 서로를 평가하기도 했다.

"봉인이 풀렸으니 싸움이 좀 더 흥미진진해지겠군."

"…봉인이라니요?"

친구들은 여전히 멍하니 일라이를 쳐다만 보고 있었다.
개중 청력이 민감한 퀸이 유일하게 마황을 돌아보며 물었
다.

"몰랐나? 저 꼬맹이에게 봉인이 걸려 있던 거?"

"라이에게 말입니까?"

"이사장이 저 녀석을 꽤 아끼는 것 같네."

마황은 비죽 웃더니 어깨를 으쓱였다.

"오늘 같은 날을 대비한 거겠지. 역시 영악한 자라니
까."

"만만히 볼 상대는 아니지."

웬일로 데스가 마황의 의견에 동조하며 스산한 눈길로 전방을 주시했다.

마족인 그가 드래곤들의 일에 관여할 생각은 눈곱만큼도 없지만, 어린 헤츨링을 상대로 행하는 짓들을 보고 있자니 한심하기가 짝이 없었다.

"천족이든 드래곤이든 죄다 쓸어버리고 싶게 만드는군."

천족의 흔적은 리타를 구했던 장소 말고는 아무 데서도 찾을 수가 없었다. 뒤에서 이 사태를 만든 놈의 수하를 생포한 것이 그나마 얻은 수확이었다.

어딘가에 숨어서 지켜보고 있을 진범을 떠올리자 데스에게서 자연스럽게 살기가 흘러나왔다.

"근데 저 늙은 도마뱀 태도를 보니, 너희처럼 꼬맹이에게 금제가 걸려 있던 걸 몰랐던 눈치인데?"

마황의 말은 정확했다. 포효하는 일라이를 향한 샬라메의 눈동자에는 놀라움을 넘어 경악이 서려 있었다.

이백 살도 채 되지 않은 헤츨링의 몸체가 자신과 필적한다는 것에 아연한 모양이었다. 녀석의 정체를 몰랐다면 실로 다 자란 성룡이라고 착각하고도 남을 만했다.

게다가 놈은 그녀의 공격을 막아 내기까지 했다. 아무리 전력을 다하지 않았다고는 하나, 이토록 간단히 무마시키기란 웬만한 성룡들로서도 어려운 일이었다.

이것이 진정 레드의 힘이란 말인가.

아니면 라노스와 뮈사르의 자식이라서?

우려하던 바가 실제가 되는 순간을 맞이하자 샬라메는 파르르 소름이 돋았다. 어깨가 뻣뻣하게 경직되며 신경이 팽팽하게 곤두섰다. 전신의 감각이 혼미해질 정도로 거센 충격이 그녀를 강타했다.

평범한 헤츨링과는 비교 자체가 불가능했다.

놈이 완전히 컸을 때를 상상하자 그녀의 호흡이 급격하게 가빠졌다.

이대로 둘 수 없었다. 지금이라도 싹을 잘라야 자신들이 살 것이다. 만약 녀석이 무사히 성체로 자라난다면, 드래곤 사회엔 엄청난 피바람이 불 것이 자명했다. 어쩌면 그 전쟁의 끝엔 레드만이 유일하게 살아남을지도 몰랐다.

"죽여야 해!"

드래곤의 미래를 그런 극악한 상황에 처하게 둘 수 없었다. 샬라메는 일라이를 없애려면 지금이 기회임을 직감했다.

휘오오오!

그녀는 일시에 주변의 마나를 모두 끌어모았다. 방금까지의 느긋하던 모습은 온데간데없었다.

"이제까지 잘도 숨겨 왔겠다!"

샬라메는 일라이를 죽이고자 마음먹었고, 그것을 실행하는 데 한 치의 주저함도 없었다. 별빛처럼 반짝이는 수백수천의 칼날이 한꺼번에 녀석을 향해 쏘아졌다.

쿠아아항!

그에 맞서 일라이가 브레스를 내뿜었다. 좀 전에 보았던 불과는 차원이 다른 세기였다.

콰앙!

엄청난 폭음과 함께 지진이라도 난 것처럼 지반이 흔들렸다. 와장창, 유리가 깨지듯 마황의 보호막도 산산조각이 났다.

하지만 더욱 놀라운 건 다음 순간, 그 모든 것이 아무 일도 없었다는 듯 순식간에 그들의 눈앞에서 사라졌다는 점이었다.

일라이의 뜨거운 불길도, 샬라메의 칼날도, 하물며 대기중에 휘몰아치던 불순물들마저 자취를 감췄다.

그리고 그 중심에는 그가 있었다.

일라이의 양부이며 캐링스턴 아카데미의 이사장이자 드래곤 로드인 라예가르.

마침내 그가 모습을 드러냈다.

"우리를 속였어!"

샬라메는 그를 보자마자 사납게 으르렁거렸다.

"로드가 되어서 어떻게 그럴 수가 있지? 놈에게 봉인을 걸어 두고 그간 우리를 능멸하다니!"

"샬라메. 능멸의 뜻을 제대로 알고나 말하는 건가, 지금?"

라예가르의 말투는 매우 침착했으나, 그는 현재 굉장히 화가 나 있는 상태였다.

"감히 로드인 나의 허락도 없이 이딴 짓을 벌여? 이러려고 원로원을 소집해 두고 몰래 빠져나왔나?"

라예가르가 좀 더 빨리 올 수 없었던 이유는 샬라메의 계략으로 원로들에게 붙잡혀 있었기 때문이었다.

"어쩐지 이상했지. 당장 마족들을 처단하러 가자고 난리를 폈어야 할 이들이 궁둥이를 떼기는커녕 쓸데없는 소리만 해 대는 게. 이번 일은 절대 가볍게 넘어가지 않을 것이다."

"당신이야말로 각오해. 원로원이 누구의 편을 들지는 내가 제일 잘 아니까. 이제야 말하지만, 당신은 처음부터 로드 자격이 없었어!"

샬라메는 라예가르를 노려보며 성마르게 외쳤다.

"라노스가 미쳐 날뛸 때 진즉에 나섰더라면 그 많은 드래곤들이 그렇게 허무하게 죽지는 않았을 거야! 당신도 그들의 죽음에 책임을 져야만 해!"

"하, 그들의 죽음에 책임을 진다? 왜 그래야 하는 거지? 애초에 본인들이 저지른 잘못에 대한 업보인 것을."

라예가르는 그 당시 마지막에라도 라노스의 이지가 돌아오길 간절히 바랐다. 하지만 라노스는 결국 마족까지 끌어들이는 실수를 범했고, 그대로 두었다가는 인간계가 멸망할 것 같았기에 결국 본인이 나설 수밖에 없었다.

반려를 잃은 그를 심적으로 이해하고 동정했던 라예가르는 일라이를 살리고자 그간 거부했던 로드의 자리를 받아들였고, 그렇게 지금의 사태까지 이르렀다.

그 역시 드래곤이지만, 샬라메와 같은 동족을 마주할 때마다 구역질이 올라왔다.

"최대한 좋게 해결해 보려고 했는데, 더 이상은 안 되겠군."

라예가르의 눈빛이 완전히 달라졌다.

"다들 내 앞에서 내 아들을 죽이자고 징징거리는데, 아무래도 중요한 사실을 잊은 것 같아. 너희가 그렇게나 두려워하던 라노스를 죽인 게 바로 누구인지를 말이야."

일라이의 숨겨진 힘이 드러난 이상, 다른 방책은 없었다.

"내 아들을 위협하면 앞으로 어떻게 되는지 똑똑히 알려주지."

샬라메가 그의 뜻을 채 알아차리기도 전에 라예가르의 신형이 사라졌다. 그가 다시 모습을 드러낸 곳은 샬라메의 바로 뒤였고, 그녀가 그것을 자각했을 땐 그녀의 심장에 라예가르의 주먹이 박힌 후였다.

Chapter 2.
너만 두고 가진 않아

1.

"로, 로드……!"

샬라메의 안색이 한순간에 거무튀튀하게 변했다. 그녀는 느낄 수 있었다. 본인의 드래곤 하트에 서서히 금이 가고 있다는 것을. 살고자 섣불리 움직이는 건 되레 제 명만 재촉하는 길이었다.

"죽을 때가 되니 비로소 날 로드 취급해 주는군."

그것이 못내 웃긴다는 듯 라예가르가 픽 입꼬리를 말았다.

"어, 어떻게 이렇게 단번에……."

샬라메는 믿기지가 않았다. 아무리 상대가 로드라 할지

라도, 라노스를 해치운 전적이 있는 강자라 할지라도 자신이 이토록 허무하게 당한다는 건 말이 되지 않았다.

무언가 단단히 잘못되지 않고서야 이런 비정상적인 일이 벌어질 순 없었다. 자신은 원로원이 지지하는 차기 로드감이었다.

"네가 약한 게 아니야."

라예가르는 마치 비밀이라도 털어놓듯 샬라메의 귀에 대고 속삭였다.

"내가 강할 뿐이지."

"……!"

"나에게도 부모가 둘이라는 사실을 모르지 않을 텐데?"

샬라메의 뒤에 선 라예가르의 시선이 분을 풀지 못해 성난 콧김을 내뿜고 있는 일라이에게로 향했다. 녀석의 거대한 붉은색 눈동자엔 원망과 분노 등 다채로운 감정이 담겨 있었다.

　"당신 아들이 모든 걸 알았어. 제게 어미가 있었
　다는 것도, 드래곤들이 그 어미를 죽였다는 것도. 잘
　수습해야 할 거야."

그가 나타난 순간 마황의 전언이 있었다. 되도록 늦게 알

려 주고 싶어 여태 미뤄 왔건만, 결국 그의 계획이 수포가
되었다.

저 들끓는 피를 완전히 제어할 수 있을 나이가 되었을
때, 그때가 오면 말하려고 했었는데. 왜 자꾸 일이 틀어지
는지 모르겠다.

아들의 핏발 서린 눈을 마주하자 라예가르는 무거운 한
숨이 새어 나왔다. 지금은 자신을 보고 용케 참고 있는 듯
하나, 머지않아 폭발할 거란 예감이 들었다.

그 전에 얼른 이 사태를 마무리 지어야만 했다.

"거기 넷."

라예가르의 지엄한 목소리에 어느덧 인간의 모습으로 다
시 돌아온 프리에토와 나머지 세 드래곤들이 한달음에 날
아와 부복했다. 지은 죄가 있어서인지, 혹은 극심한 고통
때문인지 그런 그들의 몸은 바들바들 떨리고 있었다.

바르와 아고스에게 속수무책으로 당하고 있던 드래곤들
이 풀려난 것은 조금 전이었다. 로드가 왔으니 알아서 처벌
할 터, 마족들은 이쯤에서 물러나는 것이 맞았다. 그들도
정도와 순서라는 걸 알았다.

"너희들은 나의 명을 어겼다. 인정하느냐?"

"자, 잘못했습니다!"

"용서해 주십시오!"

라예가르는 여전히 샬라메의 몸통에 주먹을 박아 넣고 있는 상태였다. 그것은 그 자체로 공포심을 주기에 충분했다. 이제 갓 성룡이 된 녀석들은 행여 자신들도 똑같이 그리될까 봐 두려움에 몸서리쳤다.

"보나 마나 누군가의 부추김이 있었겠지."

일라이와 마족 문제로 끊임없이 라예가르를 괴롭히는 이들이었다. 그가 살날이 얼마 남지 않은 것을 알고 요사이 부쩍 더 나대는 것이리라.

"분명하게 보고, 가서 전하거라. 내 아들을 건드리면 어찌 되는지를."

라예가르는 더는 머뭇대지 않았다. 그가 샬라메를 살려 둔 건 애초부터 이러기 위해서였다.

"부, 부디 선처……!"

샬라메가 자존심도 버려 가며 애원했지만, 라예가르는 아무것도 듣지 못한 양 붙잡고 있던 그녀의 심장을 뿌리째 뽑아내 무참히 어그러뜨렸다.

"끄아아악!"

단말마의 비명과 함께 샬라메가 간질이라도 앓듯 경련하더니, 이내 푹 고꾸라졌다. 그녀의 위명과는 너무나 걸맞지 않은, 가볍고도 손쉬운 죽음이었다.

"크흡!"

그래서 더 무서웠다. 그간 현명하고 인자한 모습만 보여 주던 로드였기에 성룡들이 받은 충격은 어마어마했다.

지난 시간 그들이 범했던 무례를 떠올리자 지금 살아 있다는 것이 믿기지가 않을 정도였다. 오싹한 한기가 등골을 타고 치달았다.

"내 뜻에 반하는 놈들은 언제든 환영이다. 걸리적거리는 것들이라면 몽땅 다 처리하고 갈 생각이니까."

로드가 변했다.

뿐인가.

몸체를 드러낸 일라이는, 분명 헤츨링임에도 불구하고 그 크기가 성룡인 그들보다 족히 두 배는 컸다. 지금껏 금제를 걸고 진짜 힘을 숨겨 왔다는 말을 그들도 똑바로 들었다.

이 사실이 알려지면 드래곤 사회엔 엄청난 파문이 일 것이다. 고룡인 샬라메가 죽었다는 소식쯤은 아무도 입에 올리지 않는 사소한 얘깃거리로 전락할 수도 있었다.

"너희 넷은 근신하며 대기하라."

명백한 축객령이었다. 하나 드래곤들은 오히려 일단 목숨은 부지했다는 안도감에 반색하며 공간 이동으로 즉시 랑트를 벗어났다.

이로써 모든 드래곤들이 사라졌다.

마족들 덕분에 큰 피해 없이 잘 막아 냈다는 것에 안심하

기도 잠시, 말없이 서로를 노려보고만 있는 일라이와 라예
가르 탓에 분위기는 어째 더 심각해졌다.

킬리안.

라예가르는 부드럽게 타이르듯, 아들의 이름을 최대한
나긋하게 불러 보았다. 그러나 돌아오는 건 여전히 그 이름
을 거부하는 냉랭한 음성이었다.

날 그렇게 부르지 말라고 했을 텐데.

원망이 그득 담긴 녀석의 서늘한 말투는 라예가르뿐 아
니라 모두의 머릿속을 울렸다.

그래, 일라이. 아니, 라이라고 부르마.

일라이의 폭주를 막고자 라예가르는 평소와 달리 순순히
아들의 말에 따랐다.

뭐사르·· ·· 그녀에 대해 당신도 알고 있었지?

라예가르는 대답하지 않았다. 하지만 그건 긍정과도 같았다.

나를…… 나를 왜 키웠어?

라이, 그건…….

그냥 죽게 내버려 두지, 왜 살린 거냐고! 내 기분이 지금 어떤 줄 알아?

녀석의 거대한 몸체가 분노 때문인지 크게 흔들거렸다.

놈들이 내 어머니를 죽인 것도 모르고, 도리어 미안해했어. 내 아버지가 저지른 죄가 있으니 아들인 나는 행복할 자격이 없다고 여기면서 살았다고!

끝까지 숨길 생각은 아니었다. 때가 되면, 네가 스스로 통제할 수 있는 시기가 오면 다 털어놓으려고 했어.

아니. 당신은 나한테 바로 말했어야 해. 그랬다면 난 나 자신이 이렇게까지 병신처럼 느껴지진 않았을 거야.

일라이가 잠시 쉬었다가 말을 이었다.

당신은 내가 드래곤을 모조리 죽일까 봐 걱정했던 거지?

녀석은 라예가르의 뜻을 완전히 곡해했다. 이제껏 있는
지조차 몰랐던 어머니의 존재에 놀라고 격노한 나머지, 그
가 저를 위해 천 년의 수명을 걸었다는 것도 잊은 듯했다.

**다 죽여 버릴 거야. 내 부모를 살해한 것만으로도 모자라 나
까지 이 세상에서 없애려고 안달이 난 저 드래곤이라는 족속들,
전부 싹 지워 버릴 거라고!**

일라이가 악을 쓰자 녀석에게서 화염이 쏟아졌다. 뜨끈
한 열기가 친구들이 있는 곳까지 전해졌지만, 라예가르에
게는 아무런 타격도 없었다.

그래, 네가 그렇게 하고 싶다면 그렇게 해.

뭐?

양부의 대답에 일라이는 순간 어처구니가 없었다. 드래곤 로드라는 작자가 드래곤의 멸족을 남의 일인 양 말하다니, 기가 막혔다.

그러나 더 우스운 건 그다음 말이었다.

나도 그런 생각을 안 해 본 건 아니거든.

라예가르는 본심이었다. 레드 일족의 힘을 탐하면서도 두려워한 나머지 그들을 핍박했던 동족을, 그는 진심으로 경멸했다.

라노스가 죽기 전 이미 많은 동족을 해치웠기에 그가 정녕 마음만 먹었다면 가히 불가능한 일도 아니었다.

더욱 강한 골드를 탄생시키겠다는 일념하에 그의 부친과 모친은 합심해서 모험을 택했고, 그렇게 태어난 게 라예가르였다.

현존하는 드래곤 중, 제 아들인 일라이를 제외하고 그와 같은 경우는 하나도 없었다. 그가 라노스를 죽일 수 있었던 것도, 로드가 될 수 있었던 것도 바로 그런 배경에서 비롯된 힘 덕이었다.

하지만 그 전에, 로드가 먼저 되어 보는 건 어떠하냐?

.. 로드? 나보고 드래곤 로드가 되라고?

아직은 너 혼자만의 힘으로는 부족할 거다.

녀석이 성룡이라면 가능할 수도 있겠지만, 지금으로서는
확실히 무리였다. 일족 모두가 연합이라도 하면 녀석을 상
대하는 건 일도 아니었다.

레드가 얼마나 위대한 일족인지 네가 보여 주려무나. 너라면
할 수 있을 것이다.

내가 펴이나!

일라이는 기이한 울음소리를 내며 웃어 댔다.
그는 제 몸속에 흐르는 광기를 잊기라도 한 걸까?
게다가 드래곤들은 부모를 죽인 원수였다. 자신에게 그
런 자들의 로드가 되라는 건 복수심이라곤 모르는 바보 천
치라며 비웃는 것이나 마찬가지였다.

헛소리 그만하고, 누구야? 내 어머니를 죽인 놈이 누군지나

말해. 샬라메는 아닌 것 같거든.

누구냐고 묻던 자신에게 그녀는 명확한 대답을 하지 않았다. 주범이 본인이었다면 절대 그러지 않았으리라. 외려 그 특유의 해사한 미소와 함께 인정하고는 비아냥거렸겠지. 그러고도 남을 성격이니까.

혹시라도 여태 살아 있다면 미리 밝히는 게 좋을 거야. 그렇지 않으면 내가 아주 쑥대밭을 만들 거거든. 아, 어차피 다 죽여 버릴 거니까 상관없나?

아직은 무리라고 분명 말했음에도 일라이는 고집을 꺾지 않았다. 녀석의 기세가 심상치 않게 급변하고 있었다.

킬리안, 그러지 말고…….

내가 그 이름으로 부르지 말라고 했지!

다급함에 버릇처럼 옛 이름을 입에 담은 라예가르를 향해 일라이가 포효했다. 라예가르는 모르겠지만, 그 이름은 일라이에겐 역린과도 같았다.

잊고 싶은 힘든 기억을 떠올리게 하는 스위치라고 해야
할까?

그 기억에 어머니와 아버지가 겪은 참담한 일까지 추가
되었으니, 분노의 크기가 비교할 수 없을 만큼 커진 것은
당연한 결과였다. 여태까지 애써 눌러 왔던 노여움이 억울
한 마음과 함께 터질 듯 용솟음쳤다.

날 말리지 마. 아무리 당신이라고 해도 멈추지 않을 거니까.

일라이는 결단을 내렸다. 죽음 따위는 전혀 두렵지 않았
다. 지금 녀석의 머릿속에는 이제라도 부모의 원수를 갚겠
다는 의지뿐이었다.

무시무시한 화염이 녀석의 전신에서 피어올랐다. 흡사
거대한 활화산을 마주하는 듯했다.

스윽.

일라이의 몸통이 잠시 친구들 쪽으로 움직였다. 녀석은
아무 말 하지 않았지만, 그건 마치 마지막 인사 같았다. 다
시는 돌아오지 못할 길로 들어서기 전에 건네는.

"아, 안 돼……."

"가지 마, 라이……."

"우리랑 같이 있어……."

친구들은 저마다 고개를 저으며 중얼거렸다. 녀석이 그러지 않길 누구보다 바라지만, 모든 걸 들은 그들로서도 차마 더 강하게 소리칠 수는 없었다.

일라이가 끝내 복수를 위해 떠나려는 순간이었다. 익숙한 목소리가 밤하늘을 타고 전해졌다.

"라이!"

만월을 배경으로, 바율이 바람처럼 날아오고 있었다.

2.

달그닥. 달그닥.

랑트로 향하는 마차 안에는 무거운 침묵이 감돌았다. 본성의 정원에서 가르디엥과 마주친 이후로 바율의 표정은 좀처럼 풀어지지 않았다.

정령계가 멸망했던 이유.

그 원인은 천족의 질투심이었고, 주신은 무려 그것을 묵과했다. 그런 사실을 전혀 알지 못하는 인간들은 여전히 주신과 천신을 높이 추앙하며 자신들의 삶과 미래를 맡겼다.

웃기는 노릇이었다.

그들은 명백한 가해자였다. 정령계가 멸망함으로써 가장 큰 피해를 본 건 인간들이다. 끊임없이 이어지는 자연재해 때문에 하루하루가 불안의 연속이었다.

그런데 여태 자신들을 그렇게 만든 자들을 숭배하고 찬양해 왔던 거라니. 인간들이 이 같은 진실을 알면 과연 어떤 반응을 보일까?

왜 아무런 잘못도 하지 않은 인간계가 이토록 고통을 받아야 하는 거냐며 따지듯 묻던 바율에게 가르디엥은 말했었다.

"정령은 그저 수단이었을 뿐, 사실 이 모든 건 천신보다 정령을 더 사랑한 인간들에게 내린 천계의 형벌입니다."

정녕 할 말을 잃게 만드는, 참으로 어이없는 대답이 아닐 수 없었다. 인간의 애정이 그토록 간절했다면, 사랑받고자 자신들이 나서서 무엇이라도 해야 하지 않았나?

너무 기가 막힌 나머지 바율은 가르디엥의 말을 믿어야 할지 말아야 할지 혼란이 올 정도였다.

그리고 그런 그의 혼란은 정령들에게까지 영향을 미쳤다.

"바율 말인데, 엄청나게 열 받은 것 같지?"

달리는 마차의 지붕 위였다. 템페스타는 책상다리를 한 채 두 손으로 턱을 괴고 짐짓 심각하게 물었다.

녀석의 옆에는 웬일로 이노센트가 다리를 꼬고 앉아 템페스타와 같은 얼굴을 하고 있었다.

"응, 이렇게까지 화가 난 건 처음 보는 것 같아."

바율은 본래 화가 많은 편이 아니었다. 그렇다고 지금껏 한 번도 분노를 표출하지 않았던 것은 아니지만, 이번에는 아예 그 기저 자체가 다른 느낌이었다.

그래서 정령들은 무섭고도 두려웠다. 바율과 감정을 공유하는 그들에게 이런 상황은 매우 낯설었다. 다가가 말이라도 붙여 볼까 했지만, 그마저 괜한 눈치가 보여 그러지도 못했다.

"셰임, 네가 가 보는 건 어때?"

셰임은 나란히 앉아 앞을 보고 있는 템페스타나 이노센트와 달리, 뒤를 향해 있었다. 세찬 바람 탓에 그의 어깨에 걸쳐진 숄이 힘차게 나부끼고 있었다.

"바율이 그래도 우리 넷 중에 널 가장 많이 의지하잖아."

이노센트는 인정하고 싶지 않았지만, 지금은 자존심 따위를 챙길 때가 아니었다. 그녀는 그 어느 때보다 바율이 걱정되었다.

"그래, 셰임! 네가 위로하면 되겠다!"

템페스타도 훌쩍 뛰어오르더니 셰임의 앞으로 획 날아왔다.

그때 팔짱을 낀 채 공중에서 따라오고 있던 스피넬이 한심하다는 듯한 말투로 끼어들었다.

"어이! 물, 바람! 너희는 그냥 잠자코 있어. 지금은 우리가 나설 때가 아니야."

"뭐야?"

"네가 뭔데 그걸 판단해?"

이노센트와 템페스타가 동시에 눈에 쌍심지를 켜고 스피넬을 노려보았다. 스피넬은 아는지 모르겠지만, 가끔 이런 식으로 그녀가 대장처럼 굴 때마다 둘은 정말이지 재수가 없었다.

제일 티격태격하면서도 이럴 땐 어김없이 통하는 녀석들이었다.

"너희는 기억의 조각을 얻지 못했잖아."

"그, 그게 뭐?"

"그래! 그게 어쨌는데?"

스피넬이 단박에 둘의 약점을 파고들자 이노센트와 템페스타가 흠칫하며 말을 더듬었다. 같은 상급 정령이긴 해도, 녀석들은 스피넬과 셰임처럼 기억의 조각을 찾지 못했다. 그것이 은근히 열등감으로 작용하던 둘인지라 순간적으로 말문이 막혔다.

"기억의 조각에 담긴 건 단순한 정보만이 아니야. 우린 정령계가 멸망하던 당시의 급박했던 상황과, 어쩔 수 없음에 분노하고 자학하던 일련의 모든 행위를 적나라하게 느끼고 있어. 그건 설명만으로는 알 수 없는 부분이지."

"…그래서 뭐? 네가 우리보다 바율의 감정을 더 잘 안다고 잘난 척하는 거야?"

"스피넬의 말은 그런 뜻이 아니다."

이노센트의 어조가 다소 격앙되는 듯하자 셰임이 부드럽게 달래듯 말했다.

"나와 스피넬은 기억의 조각을 통해 생생한 고통을 느꼈다. 그리고 울분을 토했지. 그건…… 어떤 것으로도 위로할 수가 없다."

"그렇게나 괴로웠어?"

처음 듣는 얘기에 템페스타가 울상을 짓자, 셰임은 천천히 고개를 끄덕거렸다.

"지금 바율 님은 그때의 우리와 비슷한 심정이시다. 그러니 잠시 안정을 취하시게 두는 편이 나을 거다."

"아아, 그래서 기억의 조각 얘기를 꺼낸 거구나?"

비로소 이해를 했다는 양 템페스타가 스피넬을 힐긋거렸다.

"애초에 셰임처럼 말해 주면 좀 좋아? 아무튼, 맨날 저만 잘났지!"

이노센트는 '흥!' 하더니 다시금 팩 돌아앉았다.

"흐음, 그래도 우리가 뭔가 할 수 있는 게 없을까? 바율이 계속 저러고 있으니까 난 너무 겁나."

템페스타는 창문 근처로 날아가 휘릭 안을 훔쳐보고 다시 돌아왔다. 그런 녀석의 얼굴은 조금 전보다 한결 더 시무룩해져 있었다.

"그렇게 돕고 싶으면 가서 동태라도 살피고 오든가."

"응? 동태?"

스피넬의 말에 템페스타의 두 귀가 쫑긋거렸다.

"바람, 넌 왜 우리가 굳이 이 야밤에 랑트로 돌아가는 건지 몰라?"

"알아! 숨어 있는 나쁜 놈 찾으러 가는 거잖아."

바율이 아버지에게 양해를 구하고 먼저 급하게 해밀턴을 나선 건 가르디엥의 조언 때문이었다.

천족은 이미 바율에게 접근했다. 게다가 그들은 남의 몸을 빌려서 어떤 짓을 할 수도 있는 자들이었다. 그들로부터 바율을 지키는 게 자신의 임무라고 소명하던 가르디엥은 사명감으로 똘똘 뭉쳐 있었다.

친구들에게 피해가 갈 수도 있다는 사실을 알게 되자 바율은 가만히 있을 수 없었다. 아니길 바라지만, 늘 만일이라는 것은 존재했다.

혹시라도 천족이 자신의 정체를 숨기고 그들 무리에 침투해 있다면, 반드시 사로잡아야 했다. 그리고 다시는 같은 짓을 저지를 수 없도록 어떤 조치든 취해야만 했다.

"잘 아네. 그 나쁜 놈 잡는 데 네가 일조하면 바율 님이 좋아하시지 않을까?"

"앗! 그러려나?"

"기분이 조금은 나아지실지도."

"좋았어! 내가 한번 후딱 다녀올게!"

템페스타는 망설이지 않았다. 녀석은 바율을 위해 자신이 뭐라도 할 수 있다는 사실에 기뻐하며 순식간에 지붕 위에서 사라졌다.

그리고 잠시 후, 마차로 돌아온 녀석은 완전히 사색이 돼서는 바율에게 소리쳤다.

"바율! 랑트에 드래곤이 나타났어!"

"템페스타, 갑자기 그게 무슨 소리야?"

창가에 기대 복잡해진 머릿속을 정리하던 바율은 어리둥절하며 똑바로 몸을 세웠다. 마차를 타고 같이 이동 중이던 가르디엥 역시 깜짝 놀라며 갈색 눈을 깜박였다.

그는 해밀턴을 출발할 때 사대 정령을 처음 보곤, 눈물을 왈칵 흘리며 어쩔 줄 몰라 했었다. 이게 꿈인지 생시인지 분간이 안 간다면서 한 번만 때려 달라는 말에 템페스타가 바람 따귀를 날려 하마터면 크게 다칠 뻔하기도 했다.

물론 그럼에는 그는 전혀 원망하지 않았다. 눈빛으로 보건대 오히려 템페스타에 대한 호감도가 상승한 것 같았다.

"마족들이 드래곤들이랑 싸우고 있다니까?"

"드래곤들?"

'들'이 붙었다는 건 하나가 아니란 소리였다. 그에 바율이 눈을 부릅뜨자 템페스타가 자신이 보고 들고 온 것들을 빠르게 풀어놓았다.

"가르디엥 님."

이게 다 대체 무슨 일인가 싶었지만, 바율은 이대로 있을 수 없었다.

"전 먼저 가 봐야겠습니다. 가서 사태를 수습해야겠어요."

오롯이 랑트의 땅과 건물들만이 망가진다면 다시 복구하면 될 일이었다. 하지만 그곳엔 현재 영지민들뿐 아니라, 많은 관광객까지 와 있는 상태였다. 행여 그들에게 어떠한 피해가 생긴다면 바율은 미안함에 얼굴을 들 수가 없을 것이다.

"가르디엥 님은 도착하시면 아까 말씀하셨던 대로 해 주세요. 혹시 제가 필요할 만한 경우가 생기면 땅을 짚고 말씀하시면 됩니다. 셰임이 제게 바로 전해 줄 거예요."

"정화의 숲 지킴이는 아무나 될 수 없습니다. 제 걱정은 하지 않으셔도 된다는 말씀입니다."

가르디엥은 겁날 게 없다는 듯 바율의 눈을 똑바로 마주하며 그를 안심시켰다.

"그럼 믿겠습니다."

바율은 그대로 마차 문을 열고 허공으로 치솟았다. 사대 정령이 그 뒤를 바짝 따랐다.

3.

"바율!"

바율의 등장을 누구보다 반긴 것은 친구들이었다.

일라이가 떠나려 하고 있었다. 심지어 살아 돌아올 거란 보장도 없이.

양부인 라예가르도, 그들도 말리지 못했다. 그러나 어쩌면 바율이라면 녀석을 붙잡을 수 있을지도 모른다는 기대감이 솟았다.

"라이! 라이!"

활화산처럼 타오르는 일라이의 바로 앞까지 바율이 다가
갔다. 물의 정령의 속성 때문인지, 아니면 불의 정령의 힘
인지 거대한 불길 속에서도 녀석의 몸은 멀쩡했다. 그것이
친구들로 하여금 재차 희망을 심어 주었다.

　"가지 마, 라이! 지금은 가지 마, 응?"

바율, 너.. .. !

　"나도 들었어. 오면서 바람결에 듣게 되었어."
　처음부터 다 들은 건 아니었지만, 랑트에 거의 가까워지
자 드래곤들의 다툼이 실바람에 실려 왔다. 전대 정령왕들
의 기운을 각성했기에 가능한 일이었다.
　"네 마음이 어떨지 내가 다 짐작할 순 없을 거야. 하지만
난 너를 잃을 수 없어. 네가 죽게 내버려 둘 수 없다고."
　바율은 거의 애원 조였다. 그러나 일라이는 흔들리지 않
았다.

널 못 보고 가는 게 아쉬웠는데. 다행이야.

　화마 속에서 일라이의 커다란 눈동자가 미미하게 떨렸
다.

"라이, 복수를 그만두라는 게 아니야. 미룰 순 있잖아! 내가 같이 가 줄게! 우리가 도울 테니까, 그때까지만 참아 줘!"

아니. 난 참을 수 없어. 이대로는 한시도 버틸 수가 없어.

"우리를 봐! 네 옆엔 우리가 있잖아. 널 위해 천 년의 수명을 거신 이사장님도 계시다고!"

그자도 곧…… 죽을 텐데, 뭐.

라예가르에겐 남은 시간이 별로 없었다.
제 아버지랍시고 목숨을 건 저 작자는 모를 것이다. 그 사실이 일라이를 더욱 비참하게 만든다는 걸. 지금의 그는 살아가야 할 이유를 하등 찾을 수 없었다.

네가 성룡이 되는 건 볼 수 있을 거다.

…… 뭐?

네가 다 자란 모습은 보고 갈 거라고.

그보다‥‥ 더 짧게 남은 거 아니었어?

그 정도 여유쯤은 있어. 어린 너만 남겨 두고 가진 않아.

　무엇 때문이었을까. 활활 타오르던 일라이의 불길이 점점 사그라지기 시작했다.
　뜨거운 열기가 모두 사라지고 난 자리엔 어느새 인간형의 모습으로 돌아온 일라이가 있었다. 그런 녀석의 얼굴은 온통 눈물로 범벅이었지만, 여전히 끔찍하게도 아름다웠다.

Chapter 3.
방황의 끝

1.

"라이, 너 이 자식……!"

일라이가 지상에 내려선 순간, 바율은 물론 친구들 전부 녀석에게로 득달같이 뛰어갔다. 그리 길지 않은 시간이었 지만, 그들에게는 마치 억겁처럼 길게 느껴졌다. 녀석을 정 말로 잃어버리는 줄 알고 세상이 끝나는 듯한 충격마저 받 았다.

안도감이 찾아들자 이어지는 건 멋대로 군 녀석에 대한 원망과 서운함이었다.

"너, 어떻게 우리한테 그러냐? 그렇게 무턱대고 떠나려 는 게 어디 있어!"

"나보고 상의도 없이 바율 대신 죽음을 택했다고 뭐라고 할 때는 언제고, 정작 넌 나보다 더 심했던 거 알아?"

"라이 네가 그렇게 가 버리면 우린 어떻게 살란 말이야!"

일라이가 울거나 말거나 에이단과 로건, 퀸은 성질부터 냈다. 반면 라나사는 그녀답지 않은 부드러운 말씨로 일라이를 몇 번이고 칭찬했다.

"잘했어, 라이. 남아 줘서 정말 고마워. 쉽지 않은 결정이었을 텐데, 대단하다."

출생의 비밀을 알게 된다는 건 당사자에겐 근간을 뒤흔드는 커다란 사건이었다. 라나사는 본인이 세이모어가의 핏줄임을 처음 알았을 때, 말로는 도저히 설명할 수 없는 여러 복잡한 심경과 맞닥뜨렸다.

자신도 그러했는데 일라이라고 다르겠는가.

심지어 녀석은 어머니의 존재조차 몰랐다. 아버지에 관한 죽음 역시 완전히 잘못 알고 애꿎게 미워하고 있었다.

일라이가 이성을 되찾아서 정말 다행이지만, 녀석이 끝내 복수를 위해 떠났더라도 라나사는 이해할 수 있었다. 정녕 그녀였다면 멈추지 못했으리라.

적절한 시기에 도착한 바율.

일라이를 위해 희생을 자처한 라예가르.

아마도 이 둘이 아니었더라면 그들은 일라이를 다신 못 볼 수도 있었다. 그렇지 않게 되어서 새삼 기쁘고 감격스러워 라나사는 저도 모르게 눈물이 찔끔 배어 나왔다.

"라이……."

본디 눈물이란 전염성이 매우 강하다. 일라이의 물기 가득한 얼굴을 마주한 순간부터 바율은 이미 함께 울고 있었다.

그는 일라이가 끔찍한 진실을 마주했을 때 옆에 있어 주지 못했다는 사실이 제일 미안했다. 힘든 일이 있을 때마다 녀석은 언제나 함께 있어 줬는데, 자신은 정작 중요한 시기에 자리를 비웠다는 게 못내 마음에 걸렸다.

그나마 아주 늦지는 않아서 다행이라고 해야 할까.

"라이, 너 한 번만 더 이러면 죽는다!"

"진짜, 그땐 친구고 뭐고 없어! 다 죽는 거야!"

친구들은 가슴을 쓸어내리며 녀석에게 연신 협박을 쏟아냈다.

그러나 아직 충격에서 헤어 나오지 못한 듯, 녀석은 쉼 없이 울기만 했다. 이러다 탈진이라도 할까 봐 겁이 날 정도였다.

"킬리안……."

어느새 라예가르도 일라이의 곁에 내려섰다. 아들을 내

려다보는 그의 눈빛은 이전과는 판이했다. 예고도 없이 아카데미에 등장해 녀석을 '겸둥이'라 부르던 가벼운 모습은 이제 더 이상 찾으려야 찾을 수가 없었다.

일라이를 향한 그의 시선은 바율이 아버지에게서 느꼈던 것과 똑같았다.

미안함과 애틋한 마음. 그러면서도 자랑스럽고 흐뭇해하는 게 분명하게 보였다.

그래서일까.

또다시 버릇처럼 일라이가 아닌 킬리안이라 부르고 있는 라예가르를 향해, 녀석이 고개를 들어 처음으로 눈을 맞췄다.

바율과 친구들은 긴장했다. 일라이가 이름 때문에 또 흥분해서 난리를 피울까 봐 걱정이 된 것이다.

하지만 두 눈에 눈물이 그렁그렁 맺힌 채 양부를 한참이나 보던 녀석의 입에서 튀어나온 건, 의외의 말이었다.

"…그거 진짜야?"

"……?"

"나만 두고…… 가지 않을 거란 거 말이야."

"그렇대도. 내가 언제 거짓말하는 거 봤어?"

아니. 그러고 보면 그는 여태 거짓말을 한 적이 없었다. 그저 말을 하지 않았을 뿐이지.

"…이미 오래 살았잖아. 나 때문에 천 년이란 수명까지 버렸고. 난 당연히 시간이 얼마 남지 않은 줄 알았어. 그래서 다시 당신 집에 들어가 살았던 건데…….."

겉으로는 톡톡거렸지만, 일라이의 속내는 결코 싫지 않았다. 짧은 시간이나마 그와 함께 보내고 싶은 마음이었다.

"내 아들처럼 나도 좀 남다른 편이라서."

"이 와중에 잘난 척하는 거야?"

"있는 사실을 말할 뿐인데, 그걸 척이라고 하면 곤란하지. 나도 부모가 둘이거든. 물론 골드와 골드는 아니지만."

"당신도 그렇다고?"

일라이는 몰랐던 사실이었다. 그냥 다른 드래곤들에 비해 강해서 로드가 되었겠거니 막연하게 생각했었다.

"그래서 날 키운 거야? 내가 당신과 비슷하게 태어난 드래곤이라서?"

"그 이유가 전혀 없지는 않지."

라예가르는 부정하지 않았다.

"하지만 내가 널 드래곤 사회로부터 보호한 건 네가 마지막 레드 일족이어서도, 특별해서도 아니다. 그저 네가 태어났으니까. 그럼 너도 살 자격이 있으니까. 그래서 그런 거였다."

"살…… 자격?"

일라이는 평생 들어 본 적도 없는 말이었다. 외려 자신이 죽어야 드래곤 사회가 평안해질 거란 생각을 더 많이 했다. 괜찮은 척, 신경 쓰지 않는 척해도 여기저기 들리는 말들은 어린 헤츨링인 그가 스스로 그렇게 여기도록 만들었다.

"그래. 설사 네 부모가 진짜 죄를 지었다고 가정해도 말이다. 알에서 부화하지도 못한 널 두고 없애야 한다고 설쳐 대는 꼴들이 너무 우습더구나. 잘못은 자기들이 저지르고 뭐 하는 짓들인가 싶었지."

"…내 친부를 가능한 한 살리고 싶었던 거지?"

결국 라노스를 죽인 건 라예가르가 맞았지만, 가장 살리고 싶어 했던 것 역시 모순적이게도 그였다.

"그나마 나와 가장 말이 통하는 녀석이었거든."

반려인 뮈사르의 죽음으로 광기를 제어하지 못해 날뛰던 라노스는, 죽는 순간 아주 잠시 정신이 돌아왔다.

킬리안을 잘 부탁한다고.

자신과 뮈사르의 아들을 꼭 지켜 달라고.

그 말을 남기고, 그는 큰 반항 없이 라예가르에게 생명과도 같은 드래곤 하트를 내줬다.

그의 부탁이 아니었더라도 라예가르는 일라이를 맡아 키울 작정이었다. 그것을 행하는 데 있어서 꽤 지난한 설득의 시간과 그의 수명까지 내걸어야 했지만, 그는 그날의 선택을 단 한 번도 후회하지 않았다.

"라노스를…… 그를 돌아오지 못하게 해서 미안하다. 뮈사르 역시 내가 조금만 더 신경을 썼더라면 그리되진 않았을 텐데."

"내 어머니를 죽인 건 누구야?"

아직 일라이는 그 답을 얻지 못했다. 라예가르는 잠시 뜸을 들이다가 결국 이름 하나를 실토했다.

"칼리오페."

"칼리오페?"

"블랙 일족의 수장이지. 샬라메도 그의 뜻에 움직였을 것이다."

일라이는 얼굴을 본 적도, 이름을 들어 본 적도 없는 자였다.

자신이 어머니의 존재조차 모른 채 살아온 게 그놈 때문이라니.

녀석에게서 살의가 끓어오르는 듯하자 라예가르가 급히 진정시켰다.

"그자는 내가 처리하고 갈 테니, 넌 흥분할 것 없어."

"아니, 내가 할 거야. 더는 당신에게만 맡기지 않을 거야."

"킬리안, 넌 아직 어려. 이번 사건으로 너에게 걸어 둔 금제가 풀렸다. 일이 이렇게 된 이상, 나도 이제 자상하고 인자한 로드 놀이는 끝이야."

이미 돌이킬 수 없는 강을 건넜으니, 앞으로 기어오르는 놈들이 있다면 샬라메에게 했듯 로드의 위엄을 아낌없이 드러낼 참이었다.

"그러고 보니 당신, 나한테 무슨 짓을 한 거야? 금제라니? 나도 나한테 그런 게 있는지 몰랐었다고!"

"그래서 내가 늘 말했잖니. 보이는 게 다가 아니라고."

"…이 만년필이지?"

일라이는 돌연 코트 앞주머니에서 만년필을 꺼냈다. 그런 녀석은 더 이상 울고 있지 않았다.

"갑자기 이걸 몸에서 떼어 놓지 말라는 둥 이상한 소리를 할 때부터 수상했어. 샬라메의 창이 내 몸을 뚫으려는 찰나, 여기에서 엄청난 빛이 새어 나오던데. 그동안 이걸로 내 기운을 억누르고 있었던 거야?"

"넌 레드와 레드 사이에서 태어났다. 드래곤 역사상 한 번도 없던 일이지. 나도 네가 얼마큼 클지 장담할 수가 없었어."

그래서 초반에는 늘 불안했다. 하루가 다르게 커 가는 녀석을 볼 때마다 행여 다른 드래곤들에게 들킬까 염려가 이

만저만이 아니었다.

일라이가 아무것도 하지 않아도 죽여 없애지 못해 안달이 난 족속들이니, 녀석의 성장 속도를 보면 당장 실천에 옮기자고 난리를 피울 게 분명했기 때문이다.

"만년필에는 네 힘을 가려 줌과 동시에 널 보호하는 마법이 걸려 있었다. 혹시 모를 만일의 사태를 대비해야 했거든."

"…당신은 날 위해서 참 많은 걸 했네."

모든 걸 알고 있던 그는, 친부를 죽인 원수라는 말에도 혹여 자신이 상처받을까 해명 한 번을 하지 않았다. 뿐인가. 일라이가 분노에 차서 온갖 저주를 퍼부어도 그저 웃을 뿐 평정심을 잃지 않았다.

"당신이 아니었으면 난 진작 죽었겠지. 대체 왜…… 대체 왜 그렇게까지 한 거야?"

"꼭 이유가 필요한 일인가? 난 말이지. 내가 살면서 가장 잘한 선택이 있다면, 그건 바로 킬리안 널 양자로 들인 것이다. 이건 진심이야."

"…나로 인해 수명이 줄었잖아. 그런데 어떻게 그게 잘한 선택이라는 거지?"

"널 키우면서 행복했으니까."

"……!"

"넌 아니었겠지만, 적어도 나는 그랬다. 네가 알에서 깨어난 그 날부터 지금까지, 내가 널 사랑하지 않은 순간은 없었단다."

라예가르는 여태 한 번도 하지 않았던 말을 너무나 태연하고 당당하게 내뱉었다. 부끄러움이나 어색함 따위는 전혀 느끼지 못하는 것 같았다. 오히려 일라이의 뺨이 붉어졌다.

"아마 누구라도 그랬을 거다. 넌 레드 일족이란 게 믿기지 않을 정도로 순하고 착한 아이였거든. 내게는 모든 게 완벽했던 아들이었다. 그건 지금도 마찬가지고."

다시금 일라이의 붉은 눈동자에 습기가 차올랐다. 이제껏 진지하지 못한 그를 볼 때마다 자신을 괴롭히며 재미를 만끽하는 거라고만 생각했다.

하지만 돌이켜 보면, 그 모든 게 자신을 위해서였다. 레드 일족의 광기를 다스리기 위한 인내심 훈련을 해 온 것이다.

그때는 왜 그걸 몰랐을까.

지금은 이렇게 '아, 그래서 그랬던 거구나' 하고 바로 이해하면서, 당시에는 정말 바보처럼 하나도 제대로 아는 게 없었다. 그저 그를 미워하기 급급했을 뿐.

"킬리안."

라예가르가 아들의 이름을 부르며 천천히 다가왔다.

"로드가 되어라. 로드가 되어서 망가진 드래곤 사회를 바로 잡아. 그건 너만이 할 수 있는 일이다."

그게 당신이 바라는 것인가요?

일라이가 눈으로 묻자 라예가르가 그렇다는 듯 녀석의 머리를 다정스레 쓸어 주었다.

곧 드래곤 사회에 일라이에 관한 소식이 퍼지리라. 샬라메를 죽이며 엄포를 놓았으니 당장은 움직이지 않겠지만, 녀석이 성룡이 되기 전에 싹을 자르기 위한 행동들이 있을 터.

라예가르는 본인이 죽기 전에 그 모든 걸 치워 주고 갈 생각이었다. 아들의 앞날에 방해가 되는 것이 있다면 전부 세상에서 지워 버릴 참이었다.

"응…… 해 볼게."

한 번도 로드를 꿈꿔 본 적 없었다. 그러나 이번 일을 겪고 나니, 일라이는 자신이 그래야만 한다는 사실을 본능적으로 깨달았다.

로드가 되어야지만 자신이 살 수 있다.

그래야 레드 일족 또한 유지될 수 있었다.

마지막 남은 레드로서, 그건 일라이가 반드시 이뤄 내야 할 숙원일지도 몰랐다.

"넌 누구보다 잘해 낼 거야."

"알아."

"그래?"

당돌한 아들의 대답에 라예가르는 픽 웃었다.

"난 당신의 아들이니까."

"……!"

"아버지의 뒤를 이어서 꼭 훌륭한 로드가 될 겁니다."

일라이는 마치 다짐처럼 말했다.

"…그래. 고맙다."

라예가르의 목소리가 조금 탁해졌다. 그가 일라이의 머리를 쓰다듬던 손길을 어깨로 내리며 녀석을 자신의 품으로 당겨 안았다.

그런 아버지의 가슴이 너무나 따뜻해서 일라이는 다시금 눈물이 왈칵 쏟아졌다. 비로소 그의 방황이 끝나는 순간이었다.

2.

"부자간에 감동적인 순간인 건 알겠는데, 일단 여기부터 해결을 좀 해야 하지 않을까?"

서로를 부둥켜안은 채 해묵은 감정을 털어 내고 있던 라예가르와 일라이가 마황의 말에 그제야 고개를 돌렸다. 그들 주변에서 같이 눈물을 훔치고 있던 바율과 친구들도 덩달아 뒤를 돌아보았다가, 하얗게 질린 얼굴을 한 만월 기사단과 칠흑의 기사단을 발견했다.

아무리 로건에게 간략한 설명을 들었다지만, 그래도 보통 어떤 놀라운 정보를 현실의 것으로 인지하는 데는 어느 정도 시간이라는 게 필요하다.

일라이의 출생의 비밀 같은 건 귀에 들어오지도 않았다. 평생 살면서 한 번도 보기 힘든 존재들을, 하나도 아니고 거의 떼로 마주쳤다. 기절하지 않은 채 버티고 있다는 것만으로도 두 기사단의 놀라운 정신력을 확인할 수 있었다.

"아, 많이들 놀라셨죠?"

일라이가 진정을 한 후에야 바율은 주위를 둘러볼 정신이 들었다. 그가 재빨리 기사단 측으로 다가가 그들을 안심시켰다.

"지금 심정이 어떠실지 대강 짐작은 갑니다. 놀랍기도 하고, 불안하기도 하시겠죠. 하나 이분들의 정체는 저뿐 아니라 아버지도 이미 다 알고 계십니다. 소수이긴 하나 만월 기사단 내부 몇몇 분들도요. 그러니 너무 염려 마십시오."

"…만월 기사단에서도 알고 있다고?"

아이작의 일그러지는 표정으로 보건대, 본인이 이 중요한 일을 이제야 알았다는 것에 꽤 언짢은 눈치였다.

"불쾌히 여기지 마세요. 저 때문이니까."

그때 다행스럽게도 라나사가 얼른 나서 주었다.

"제 일로 경황이 없으셨잖아요. 공작 전하께서 배려해 주신 겁니다."

"…그래?"

라나사의 해명에도 아이작은 여전히 불만을 버리지 못한 듯했다. 하지만 이십여 년 만에 찾은 딸 앞에서 속 좁은 모습을 보일 순 없었는지, 애써 태연한 척 노력했다.

물론 그렇지 못한 이도 있기는 했다.

"와! 그럼 나만 모르고 있었던 거예요? 형들이랑 누나는 전부 다 알고?"

기사단과 섞여 있던 라피트가 억울한 목소리를 내뱉으며 툭 튀어나왔다. 녀석 역시 일라이가 인간이 아닌 드래곤이란 사실에 엄청나게 놀랐지만, 뒤이어 찾아온 것은 그보다 더한 배신감이었다.

"어떻게 나만 쏙 빼놓을 수가 있어요? 나만 1학년이라고 차별하는 겁니까?"

"라피트, 넌 지금 그게 중요하니?"

라나사가 철없는 사촌 동생을 뾰족한 눈빛으로 노려보았

다.

"호텔에서 무서움에 떨고 있을 세드릭은 생각도 안 해? 우리 가족뿐만 아니라, 투숙객들도 무슨 일인가 싶어서 다들 잠도 못 자고 있을 거라고."

"아, 그래! 어쩐지 뭔가 찝찝하더라니, 내가 미처 그 생각을 못 했구나!"

라나사의 말을 듣고 있던 아이작이 뒤늦게 제 이마를 내리쳤다.

호텔 밖에서 들려오는 굉음과 갑작스럽게 솟아난 흙벽의 연유를 캐고자 부리나케 옥상으로 올라왔다가 드래곤을 마주한 순간, 그만 머리가 하얗게 비고 말았다.

그는 주변을 향해 빠르게 명령했다.

"우선 사람들부터 진정시키는 게 급선무다. 여긴 이제 대충 정리된 것 같으니, 우리는 우리가 해야 할 일을 하러 가자."

홀로 세드릭을 보고 있을 아내도 걱정이었다. 어디까지 이야기를 해 줘야 할지 문득 고민이었다.

"섣불리 발설했다간 오히려 혼란만 더 야기할 수 있으니, 방금 목격한 것은 일단 양측 기사단 모두 함구하기로 하지."

아이작은 랑트에 남은 만월 기사단 중 가장 선배였고, 칠흑의 기사단 입장에선 가주의 동생이었다. 자연스러운 그의 명에 다들 고개를 끄덕이며 서둘러 옥상 문을 열고 뛰어내려갔다.

"나중에 몽땅 다 얘기해 줘야 해!"

라피트는 남고 싶은 기색이 얼굴에 역력했지만, 차마 어린 세드릭을 숙모에게만 맡겨 둘 순 없었다. 이곳은 형에게 맡기기로 하고, 동생을 돌보기 위해 녀석이 달려 나갔다.

덕분에 옥상에는 순식간에 바율과 친구들, 그리고 마족과 드래곤만이 남았다. 정령들은 각자 랑트가 무사한지 자신들이 선호하는 지역 순으로 돌아보는 중이었다.

"라나사, 고마워."

본디 바율이 나서서 정리했어야 할 일인데, 라나사 덕분에 그럴 필요가 없어졌다.

지금은 일단 기사단에게 수습을 맡기고, 바율은 금번 사태에 대한 이야기부터 듣기로 했다. 당장 드래곤이 또다시 쳐들어오지 말라는 보장이 없었기 때문이다.

그들이 레드 일족인 일라이를 싫어한다는 건 알고 있었지만, 이처럼 예고도 없이 들이닥칠 줄은 몰랐다.

더욱이 실바람에 실려 온 소리에 의하면 마족과 드래곤이 서로 싸우고 있었다. 드래곤의 일에는 절대 끼어들지 않는다는 마족들이 그 규칙을 깼다는 것도 의아했다.

"어떻게 된 겁니까? 드래곤들이 갑자기 왜 나타난 거죠? 혹시 라이가…… 전보다 더 위험해진 건가요?"

"그게 말이야, 바율……."

드래곤의 침공을 설명하려면 우선적으로 알아야 할 게 리타의 납치 사건이었다. 그녀를 찾기 위해 데스가 어쩔 수 없이 진체를 드러냈고, 자연스레 막대한 양의 마기가 방출되면서 드래곤을 불러들였다.

그 과정에서 일라이가 휩쓸리면서 이 모든 사안이 벌어진 것이었다.

하지만 그걸 곧이곧대로 말하자니 다들 쉬이 입이 떨어지지 않았다. 리타 일이라면 바율 또한 데스 못지않게 흥분할 게 뻔하기 때문이다.

녀석에게 리타는 하나뿐인 여동생이자 가족과도 같은 존재였다. 일전에도 캔자스시에서 리타가 나쁜 일을 당하기 직전, 녀석은 이성을 잃고 무시무시한 마력을 뿜어냈었다.

단박에 세자리오를 불구로 만들어 버리고 기절했던 그날의 광경이 친구들의 뇌리를 스치고 지나갔다.

어떻게 털어놓아도 바율은 분노하겠지만, 녀석을 조금이라도 덜 자극시킬 방법이 있다면 그렇게 해야만 했다.

그런 친구들의 고뇌를 아는지 모르는지, 마황이 불쑥 말했다.

"천족이다."

"…예?"

가르디엥을 만난 순간부터 바율의 머릿속을 지배하던 단어였다. 그러나 그 말을 지금 이 상황에서 듣게 될 거라곤 전혀 예측하지 못했기에 바율의 놀라움은 훨씬 컸다.

"놈이 리타를 건드리는 바람에 우리도 다른 방도가 없었다."

"…누구를 건드렸다고요?"

바율이 폭주했었던 사실을 알지 못하는 마황은 있는 그대로 가감 없이, 바율이 자리를 비웠던 지난 이틀간에 대해 최대한 간결하게 이야기했다.

중간에 친구들이 끼어들어 말리려 했지만 소용없었다. 이미 바율의 미간은 우그러질 대로 우그러졌고, 주먹 쥔 뼈마디가 하얗게 불거졌다.

머리끝에서 발끝까지 분노가 들불처럼 번져 나갔다.

"하아."

속에서 욕이 튀어나오려는 것을 겨우겨우 참았다. 혹시나 했건만, 역시나 천족이 이곳까지 숨어들었다.

정녕 가르디엥의 말처럼 누군가의 몸을 빌려서 내 눈을 속이고 있는 것일까?

그렇다면 그게 누구일까.

설마 친구들일까?

순수한 영혼일수록 천족의 표적이 될 확률이 높다고 하였다. 친구들을 바라보는 바율의 눈매가 깊어졌다. 현재로선 가르디엥이 빨리 도착하기만을 바라는 수밖에 없었다.

'템페스타, 부탁 하나만 할게.'

급변한 상황에 바율은 마음이 급했다. 이럴 줄 알았다면 애초부터 가르디엥과 함께 올 걸 그랬다고 후회하며, 그가 템페스타에게 가르디엥을 속히 데려와 달라고 아무도 모르게 요청했다.

"…그래서 지금 리타는 어떤 상태입니까?"

"자고 있어. 아무래도 충격이 큰 것 같아서 억지로 재웠지."

"다친 곳은요?"

"알잖아. 피가 좀 나긴 했지만, 이미 다 아물었어."

데스와의 친화력으로 괴물 같은 치유 능력을 보유하게 된 리타였다. 상처가 나았다니 다행이긴 하나, 그렇다고 고통까지 느끼지 못하는 것은 아니었다.

자신 때문에 아무 잘못도 없는 리타가 고생했을 걸 생각하니 바율은 가슴이 찢어지는 듯했다.

고작 이틀을 비웠을 뿐인데, 이런 사달이 났다는 게 억울하고 분하다. 그와 비례하여 천족을 향한 바율의 노여움 역시 극심해져만 갔다.

"이사장님."

갑자기 자신을 부르는 바율의 음성에 라예가르가 고개만 틀어 녀석을 응시했다.

"리타의 기억을 지워 주세요."

"기억을?"

"네."

들자 하니 리타는 여전히 마족들의 정체를 눈치채지 못했다. 데스가 구하러 갔을 때 그녀는 이미 기절해 있었던 탓이다.

하지만 몸에 불이 붙고, 발코니가 무너지는 사고에, 납치까지 당했으니 이젠 자신이 누군가에게 목숨을 위협받고 있다는 걸 확실하게 인지했을 것이다.

제게 걱정을 끼치고 싶지 않아 아무렇지도 않은 척 굴겠지만, 속으로는 내내 두려움에 몸서리를 칠 게 분명했다.

바율은 리타가 그런 공포심을 안고 살기를 바라지 않았다.

"어떤 대가라도 치르겠습니다."

아직 라예가르에게선 '맨입으로?'란 말이 나오진 않았지만, 그가 무엇을 요구하든 바율은 응할 각오가 되어 있었다.

"대가는 되었다."

"……?"

"신세를 졌으니 갚아야지."

신세?

바율이 잘 모르겠다는 얼굴을 하자 라예가르가 눈짓으로 마황을 가리켰다.

"덕분에 사태를 빨리 수습할 수 있었거든."

그의 전언이 없었더라면 라예가르는 여전히 솔직할 수 없었을 테고, 그러다 일라이와 더 큰 오해가 생겼을 수도 있었다.

사실 애초에 크루델리스가 멋대로 일라이의 출생에 관해 입을 놀리지만 않았어도 일어나지 않았을 일이지만, 결과적으로 그로 인해 부자는 화해할 수 있었다.

녀석에게서 '아버지'란 말을 다시금 듣게 되었을 때, 라예가르는 호흡도 잊을 만큼 격한 감정에 휩싸였다.

모든 게 녀석을 위해서였지만, 그렇다고 상처받지 않은 건 아니었다.

일라이가 폭언을 내뱉을 때마다 속이 쓰렸고, 진실을 고백할 수 없음에 안타까웠다. 이젠 그럴 일이 없다는 게 얼마나 다행인지 모른다. 남은 인생을 녀석과 웃으며 보낼 수 있게 되어서 그는 진심으로 만족했다.

"그 정도는 해 주마."

라예가르의 약속에 바율뿐 아니라 친구들까지 잘되었다며 손뼉을 쳤다.

"바율, 이 모든 게 내 덕이라는 거 잊지 마."

리타가 알았다면 더 좋았겠지만, 마황은 이대로도 흡족했다.

"말이 나온 김에 한마디 더 하자면, 우린 어디까지나 정당방위였어. 그러니 조약을 깼다느니 어쩌느니 그런 말은 하지 않길 바라."

크루델리스는 기회가 왔을 때 쐐기를 박았다. 그런데 라예가르의 말투가 갑자기 확 바뀌었다.

"그 문제에 대해선 좀 더 상세히 따져 봐야 할 것 같은데."

"…상세하게 뭘 해? 이봐, 아까 말한 거 못 들었어? 천족 놈이 리타를 납치해서 어쩔 수 없었던 거라니까?"

"어느 정도 정상 참작은 하겠다."

"정상 참작은 개뿔! 우리가 도마뱀들을 죽이길 했어, 뭘 했어? 신세 운운할 때는 언제고, 이거 완전 양아치 아냐?"

답답했던지 데스가 훅 끼어들며 목청을 높였다.

조약을 어긴 것으로 판명 나면 마족들은 무조건 마계로 돌아가야 했다. 그것은 곧 리타의 음식을 먹지 못하게 된다는 뜻과 같았다.

데스가 분기탱천해서는 라예가르에게 막말을 서슴없이 던졌다. 그러자 여태 잠잠히 있던 일라이가 눈알을 희번덕거리며 외쳤다.

"뭐? 양아치? 이게 누구보고 양아치래!"

본인은 이전에 그보다 더한 말도 잘만 했으면서, 녀석이 아버지를 대신해서 옥상이 떠나가라 소리를 질렀다.

"저기, 지금 나 좀 심각하거든요?"

다른 때였다면 조바심을 내며 둘을 말리려 했을 바율이지만, 작금의 그에겐 그럴 여유도 의지도 없었다.

휘이잉.

차가운 밤바람을 맞으며 미미하게 눈가를 찌푸리는 바율에게서 새어 나오는 건 이제껏 느껴본 적 없는 잔혹한 기운이었다.

Chapter 4.
엘라륨

1.

　바율의 집무실에 미묘한 분위기가 흘렀다. 웬만해서는 거의 볼 수 없는, 아니 최초라고도 할 수 있는 기이한 풍경이었다. 그도 그럴 것이, 모인 이들 전부가 바율의 눈치를 살피고 있었기 때문이다.

　가만히 앉아 소파 앞 테이블만 뚫어지게 노려보고 있는 바율에게선 흡사 '지금 매우 화가 난 상태이니 건드리지 마시오'라고 쓰인 팻말이 걸려 있는 것 같았다.

　되짚어 보면 천족이 리타를 건드렸다는 말을 들었을 때부터 녀석의 표정은 좋지 않았다. 바율이 없을 때 사고가 터진 것도 터진 거지만, 그 대상이 하필이면 리타라는 게 더 큰 문제였다.

　바율 입장에서 리타는 제 주변 인물 중 가장 약자였다. 천족씩이나 되어서, 아무런 힘도 죄도 없는 인간 소녀를 해코지하려 했다는 사실이 그를 더 분노케 했다.

　'야, 로건. 너 아까부터 너무 조용한 거 아니냐? 무슨 말이라도 좀 해 봐!'

　'시끄러운 건 에이단 네 담당이잖아. 바율한테 뭐 할 말 없어?'

　'퀸! 넌 왜 얼굴이 죽상인데? 바율 화난 거 보니까 그렇게 슬프냐?'

　'너희 좀 닥치지 않을래? 정신 사나워!'

　'나는 아무것도 안 했거든?'

　불편한 침묵이 계속되자 친구들은 눈빛으로 대화를 주고받았다. 누구라도 나서서 얼른 이 상황을 타개해 보라며 서로 등을 떠밀었으나, 다들 뒤룩뒤룩 눈동자만 굴릴 뿐 마땅한 계책이 나오지 않았다.

　본래 바율 같은 성격이 한 번 화가 나면 제일 무서운 법이었다. 가르디엥에게 정령계가 멸망한 원인을 듣고 온 직후였기에 감정이 더 격앙된 것이었지만, 아직 그에 대해 듣지 못한 친구들은 어떻게 이 사태를 대처해야 할지 그저 막막했다.

달칵.

집무실 문이 열린 것은 그때였다. 사이좋게 들어서는 라예가르와 일라이 두 부자를 보며 친구들은 반색했고, 마족들은 약속이라도 한 듯 인상을 구겼다. 옥상에서 얘기를 마무리 짓지 못한 것에 대한 반감이었다.

"바율, 걱정 마. 잘 처리하고 왔어."

일라이가 활짝 웃으며 비어 있던 바율의 옆자리에 털썩 주저앉았다. 양부와의 화해로 마음이 한결 가벼워진 그는 친구들과 달리 바율의 눈치를 조금도 보지 않았다.

"감사합니다."

바율은 라예가르에게 꾸벅 머리를 숙였다. 그는 바율의 부탁으로 리타에게 다녀오는 길이었다.

정신계 마법은 주의를 요한다는 말에 바율은 함께 가지 않고 기다리던 중이었다. 어쩌면 그래서 더 예민해졌는지도 몰랐다.

"결계는 다시 제대로 치고 왔겠지?"

데스의 삐딱한 물음에 라예가르 대신 일라이가 받아쳤다.

"댁들이 했던 것보다 더 꼼꼼하게 만들었으니 염려 마셔."

"결계라니요? 데스, 무슨 말이에요?"

"아, 천족이 언제 또 접근할지 몰라서. 리타 옆에 계속 붙어 있을 순 없으니까 임시방편으로 설치해 놨지."

임시방편치곤 드래곤 로드인 라예가르도 쉽게 통과할 수 없을 만큼 단단한 결계였다. 만약 데스가 순순히 마력을 거두지 않았더라면 들어갈 수 없었으리라.

"고맙습니다, 여러모로."

이제 생각해 보니 데스에게 리타를 지켜 줘서 감사하단 말도 제대로 전하지 못했다. 그가 곁에 없었다면 지금쯤 리타는 어떻게 되었을까.

아찔한 상상에 바율은 저도 모르게 눈을 한 번 질끈 감았다 떴다.

"내게 리타를 보호하는 건 당연한 일이다. 널 위해서가 아니라 날 위해서지. 그러니 그런 인사라면 할 것 없어."

"그래도요. 덕분에 리타도, 랑트도 무사할 수 있었다는 거 잘 압니다. 아무도 다치지 않아서 정말 다행이에요. 너희들도 고마워."

바율의 시선이 그제야 친구들에게로 향했다.

"이제 기분이 좀 풀렸어?"

"우린 한 것도 없는데, 뭘."

에이단은 비로소 숨이 정상적으로 쉬어지는 느낌이었다.

"처음에 드래곤이 쳐들어왔을 땐 가만히 있을 수 없어서 무작정 뛰쳐나갔는데, 마족들과 싸우는 걸 보고 깨달았지. 우린 애당초 상대도 되지 않겠구나. 우리가 뭘 몰라도 너무 몰랐구나 하고 말이야."

드래곤 네 마리를 장난감처럼 갖고 놀던 바르와 아고스의 활약이 다시금 떠오르자 에이단이 원망스럽다는 듯 마족들을 쳐다보았다.

"근데 거기엔 마족들 탓도 있는 거 아시죠?"

"우리 탓?"

"그래요. 리타한테 맨날 절절매시니까 저희가 착각하잖아요. 전 마계 서열이란 게 별 의미 없는 건 줄 알았다고요."

그들이 여태 본 거라곤 비굴할 정도로 리타에게 설설 기는 마족들의 모습뿐이었다. 물론 그녀가 안 보이는 곳에선 이따금 버럭 화를 내기도 했지만, 종국에는 시키는 건 뭐든 해내는 충실한 하인들이었다.

"아까 보니 드래곤들은 아예 게임이 안 되던데요? 말할 틈이 없어서 그랬지, 저 진짜 깜짝 놀랐어요! 그건 그냥 희롱하는 것 같았달까?"

"야, 에이단! 넌 무슨 말을 그따위로 하냐? 희롱이라니? 누가 들으면 드래곤이 마족보다 약하다고 오해하겠다!"

"오해가 아니라 사실이잖아. 너도 봤으면서."

에이단이 눈을 동그랗게 뜨고 반박하자 일라이가 어이없다는 듯 헛웃음을 쳤다.

"그자들은 이제 갓 성룡이 된, 비교적 약한 드래곤이라서 그래. 아직 천 살도 안 된 갓난쟁이 수준이라고!"

"라이, 너 웃긴다. 지금 동족이라고 편드냐?"

"편드는 게 아니라, 비교 대상을 똑바로 하라는 거거든! 아까 그 여자 봤지? 샬라메. 그녀가 나섰으면 완전 달랐을 걸?"

드래곤이 마족에게 밀린다고 하니 자존심이 상하기라도 했는지, 일라이가 자신을 죽이러 왔던 샬라메까지 들먹이며 반론했다.

"그리고 그런 샬라메를 한 방에 죽인 게 내 아버지야. 즉, 이깟 마족들 정도는 한꺼번에 처리할 수 있는 능력자라고!"

"킬리안, 그만 되었다."

흥분해서 소리치는 일라이를 말린 건 라예가르였다. 녀석의 말이 아주 틀린 말은 아니었지만, 여기서 마족들을 더 자극하는 건 좋지 않았다. 어찌 되었든 그들이 있었기에 인간계가 큰 타격을 입지 않은 것도 사실이었다.

"아들이 편들어 주니 무척 좋은 모양이군."

일라이를 말리는 라예가르의 입가는 희미하게 말려 올라가 있었다.

그에 데스가 비아냥거리자 라예가르가 어깨를 으쓱이며 순순히 인정했다.

"물론이야. 싫을 리 없지."

"그 귀한 아들이 누구 덕분에 본인 품에 돌아왔는지 잊지 않았으면 좋겠군."

"안 그래도 그 부분에 대해 생각을 좀 해 봤는데 말이야."

라예가르가 잠시 뜸을 들였다가 홀로 고개를 주억거리며 말했다.

"이번 일은 로드의 재량으로 그냥 넘어가 주도록 하지."

"아빠!"

"조만간 원로원이 시끄러워지겠지만, 걱정할 것 없다. 이제 나도 더 이상 그들을 봐주지만은 않을 거야."

대다수 드래곤에게 중요한 건 마족이 인간계에 머무는 일 그 자체지, 천족의 관여 따위가 아니었다. 지금이야 자신의 심기를 거스르지 않으려고 조용하지만, 시간이 조금만 더 지나면 이 결단을 들먹이며 기어오를 게 분명하다. 로드의 재량으로 행한 일이니 자질의 문제를 거론할 수도 있었다.

일라이는 라예가르가 더 이상 자신이나 마족들 때문에 고생하길 원하지 않았다.

"킬리안, 네 아버지는 그렇게 약하지 않아. 이들은 무엇을 내줘도 아깝지 않을 널 찾아 주었잖니. 이 정도 선의는 베풀어도 돼."

라예가르가 염려 말라는 듯 일라이를 향해 눈썹을 휘며 웃었다.

"대신 조건이 있다."

"그럼 그렇지."

어째 잘 넘어간다 했다. 마황이 얘기해 보라며 턱을 치켜들었다.

"어린 녀석들이 다쳤어. 한 놈은 뿔까지 잘렸더군."

"그래서?"

"드래곤이 아무리 자가 치유 능력이 뛰어나다고 하지만, 뿔이 잘리면 좀 골치가 아프거든. 그 뿔이 다시 자라기까지 상당한 고통이 따르지."

"그깟 뿔, 없어도 사는 데 지장 없는 거 아닌가? 이쪽은 팔 하나가 없고 앞을 못 봐도 잘만 사는구먼. 뭔 엄살이 그렇게 심해?"

"그냥 조약이 깨진 것으로 할까?"

"…계속해."

마황이 한 수 물러서자 라예가르가 말을 이었다.

"그들에겐 죄가 없어. 내 명을 어기긴 했지만 치기 어린 마음에 행동이 앞섰을 뿐, 다른 뜻은 없었다."

"그래서 우리도 안 죽이고 다 살려 줬잖아."

반죽음을 만들어 놓긴 했지만.

기실 그건 천족에 대한 분노 때문이기도 했다. 천족의 만행으로 잔뜩 독이 오른 상태에서 맞닥뜨린 탓에 애꿎은 화풀이가 된 셈이다.

"보상금."

"…얼마를 달라는 거야?"

"카이늄 정도면 얼추 계산이 될 것 같은데."

반짝이고 값비싼 물건을 좋아하는 드래곤들에게 인간의 돈 따위는 거래가 될 수 없었다. 하지만 마계에서만 나는 광물, 카이늄이라면 이야기가 달랐다.

"이제 보니 사기꾼 기질이 있었네."

대놓고 카이늄을 거론하는 라예가르를 보고 있자니 마족들은 그저 기가 막혔다.

"드래곤이 그건 가져다 뭐에 쓰려고? 카이늄은 마족의 피를 먹고 자란 광물이다. 어느 마족의 피를 머금었냐에 따라 그 성질도 완전히 달라지지. 왜, 그걸로 마검이라도 만들어서 우리한테 덤비려고?"

"이유까지 말해야 해? 뭐, 굳이 알아야겠다면 단순한 수집벽이라고 해 두지."

"그걸 믿으라고?"

데스가 가당치도 않다는 듯 코웃음을 칠 때였다. 똑똑, 하고 집무실 밖에서 노크 소리가 들렸다.

"거래는 끝나고 마저 하지."

라예가르와 마족들은 서로 가볍게 눈짓을 교환했다.

"들어오세요."

바율이 허락하자 이내 문이 열리고 두 사람이 걸어 들어왔다. 라피트와 싱클레어였다. 둘 다 이 야밤에 갑자기 자신들이 왜 불려 왔는지 어리둥절한 얼굴이었다.

그리고 그건 친구들 역시 마찬가지였다. 바율을 제외하고 다들 '너희들이 여긴 웬일이냐?' 하는 표정을 짓고 있었다.

"라피트, 싱클레어. 어서 와."

바율이 자리를 권하자 라피트가 성큼성큼 걸어와 턱 소리 나게 앉았다. 반면 싱클레어는 어색한 양 쭈뼛거리며 조심스럽게 다가왔다.

"내일이나 올 줄 알았는데…… 언제 온 거야?"

"응, 조금 전에."

바율과 싱클레어는 바율이 해밀턴으로 떠난 후 처음 만

나는 것이었다. 그는 자다가 왔는지 잠옷 차림이었다.

"이제 큰일은 다 지나간 거지? 근데 세드릭은 왜 데려오라고 한 거야? 너무 곤히 자고 있어서 나만 오긴 했지만."

"세드릭까지 불렀다고?"

"어, 형도 몰랐어?"

로건의 물음에 라피트는 머리를 긁적였다.

녀석이라고 오늘의 사건에 대해 이것저것 궁금한 게 왜 없겠는가. 그래도 늦은 시각인지라 내일 해결하고자 마음을 먹고 있는데, 느닷없이 세드릭과 함께 호출을 당해서 의아했다.

"원래는 에피도 부르려고 했었어. 근데 많이 아픈 모양이야."

"아프다니? 어디가?"

에피는 낮에 말도 없이 사라졌다가 나타나는 바람에 걱정을 끼친 전력이 있었다. 그런 그녀가 뜬금없이 아프다는 말에 친구들은 왠지 모르게 불길한 기분이 들었다.

그 느낌이 당혹감으로 바뀌는 것은 순식간이었다.

"천족 때문이야."

"…뭐 때문이라고?"

에피는 천족과의 연결 고리가 전혀 없는 아이였다. 다들 황당해서 말을 잇지 못하는데, 바율이 더욱 놀라운 말을 했다.

"천족에게 육체를 강제로 빼앗긴 탓이래. 며칠 앓다가 깨어날 거라고 하더라고."

"천족에게…… 뭐를 뺏겨?"

"이 시간에 내가 너희를 부른 이유도 그래서야. 천족이 너희 중 누군가의 몸에 기생하고 있을 수도 있거든."

바율에게서 연이어 경악할 말들이 튀어나왔다. 녀석은 마치 그게 누구든 여기서 절대 빠져나갈 순 없을 거라는 듯 매서운 눈빛으로 친구들의 얼굴을 하나하나 훑었다.

꿀꺽.

싱클레어는 무심결에 팔목에 찬 태고의 신물을 만지작거렸다. 팔찌가 있는 한 절대로 신분이 탄로 날 일은 없을 테지만, 바율의 파헤치는 듯한 시선 때문일까. 자기도 모르게 침을 삼키게 되었다.

음산한 공기가 마치 긴장하라는 듯 그를 둘러쌌다.

"바율 형! 갑자기 천족이라니, 그건 또 무슨 소리야? 마족이랑 드래곤도 모자라서 이제 천족까지 나타난 거야?"

라피트는 순간 남아 있던 잠이 싹 다 날아갔다. 녀석이 얼굴을 있는 대로 일그러뜨리며 재차 물었다.

"근데 그 천족이 우리 몸에 기생을 한다고? 왜? 그들이 뭐가 아쉬워서 그런 짓을 하는데? 그건 너무 끔찍하잖아!"

녀석은 역시나 일반적인 사람들처럼 천족을 좋게 평가하고 있었다. 마족이 그랬다면 절대 '왜' 냐는 의문을 갖지 않았을 것이다.

하지만 그렇게 동경하는 그자들이 인간계에 어떤 짓을 저질렀는지 알게 되면, 아마 기함을 할 테지.

"자세한 얘기는 나중에 로건에게 듣도록 해. 지금 설명하기엔 말이 길어질 수 있거든."

"뭘 자꾸 나중에 들으라는 거야? 진짜 우리 중에 천족이 있는 건 확실해?"

무언가가 나도 모르는 새 내 몸에 들어와 있다. 사실 그것만큼 찜찜한 게 또 있겠는가.

천족에게 지배를 당하느라 본인이 뭘 하는지도 모를 게 분명하다. 천족이 그간 생각해 왔던 것과 달리 좋은 이들이 아닐지도 모른다는 의심이 라피트의 머릿속에 몽글몽글 피어올랐다.

"반드시 있을 거란 얘기는 아니었어. 다만 리타와 에피가 그런 일을 겪었으니까 지금도 우리 곁에 머물고 있을 확률이 높아진 거지. 만약 정말로 그렇다면 잡아야 하잖아."

"그건 당연해."

"잡히면 내가 가만히 둘 줄 알고?"

"그간 한 짓을 생각하면 곱게는 못 두지!"

"그런데, 천족을 어떻게 찾는다는 거야? 인간의 몸에 숨어 있다면서."

천족이 인간의 몸을 빌려 정체를 감추고 있다는 말을 듣는 순간, 친구들은 모두 약속이라도 한 듯 흠칫 몸을 떨었다. 이어 저마다 '그게 혹시 나는 아니겠지?' 하는 망상에 사로잡혔다.

'그래, 바율. 네가 날 대체 무슨 수로 찾을 건데?'

그제야 싱클레어는 바짝 오그라들었던 정신이 이완되는 느낌이었다.

괜히 얼어 있었다.

태고의 신물이 있는 한 그는 안전했다. 전혀 떨 이유가 없단 말이다. 주신의 하사품이 이렇게 떡 자신에게 있는데, 무엇을 겁낸단 말인가.

이제껏 본 적 없는 바율의 냉철한 모습에 잠시 당황했을 뿐, 문제는 없다. 싱클레어는 그리 정리하며 침착하려 애썼다.

"글쎄. 찾을 방도가 뭐가 있을까?"

그러면 그렇지.

싱클레어는 새어 나오려는 웃음을 참기 위해 어금니를 꽉 깨물었다. 잠깐이지만 방법이 있기라도 한 건가 걱정했던 저 자신이 한심할 정도였다.

적진 한복판에 홀로 있다고 겁먹기라도 한 건가?

나, 주신의 아들 엘레오스가?

그리아가 들으면 아주 신나게 비웃겠군.

싱클레어는 오늘 일을 무덤까지 갖고 가기로 단단히 결심했다.

"아! 여기 마족님들! 혹시 천족을 보면 막 이상한 기운 같은 거 안 느껴지십니까?"

라피트는 마족에게 기대를 걸어 보았다. 마기와 천기는 상극의 기질이니 알아볼 수 있을 것 같단 생각이 문득 들어서였다.

"느낄 수야 있지."

"오오, 역시!"

"하지만 그놈들은 원체 흔적을 감추는 능력이 뛰어나거든. 정말 우리 근처에 있다면 특별한 방법으로 어떻게든 자신의 노출을 막고 있을 거다."

"리타를 구하러 갔을 때 잡아 온 그 쥐새끼도 꽤 기운을 잘 숨기더군. 놈이 날 보고 놀라서 숨이 흐트러지지만 않았으면 안전하게 도망을 쳤을 수도."

앙휄이 잡혔다고?

에피란 아이의 얘기를 들었을 때 앙휄이 움직였음을 짐작했다. 그러나 그가 데스에게 붙잡혔으리라고는 전혀 생각하지 못했다. 최대한 의심을 사지 않기 위해서 내내 호텔 안에만 있었던 탓이다.

앙휄은 천계의 십이기사였다. 녀석을 생포했다면 데스 또한 꽤 타격을 입었을 것이다. 아무 데도 상하지 않고 그를 사로잡기란 불가능하다.

'근데 왜 저렇게 멀쩡해?'

데스는 평소와 전혀 다르지 않았다. 신체 어디 하나 상처가 있기는커녕 되레 기운이 아주 팔팔한 게, 평상시보다 더좋아 보였다.

'일이 왜 자꾸 꼬이는 거지?'

안도하던 싱클레어의 낯빛이 다시금 어두워졌다. 리타의 실종으로 마족이 진체를 드러내면서 드래곤이 나타난 것까지는 모든 게 그의 계획대로였다.

마족과 드래곤은 서로 잡아먹지 못해 안달이 난 족속들이니 랑트에서 개싸움을 벌일 게 자명했고, 그는 그사이에 바율을 제거하는 것이 이번 작전의 목표였다.

난리 틈에 그가 움직이면 아버지께서도 눈치채지 못하실 테니, 그 나름에는 완전 범죄라고 생각하고 있었다.

그런데 말 같지도 않은 변수가 생겼다.

마족들이 드래곤들을 죽이지 않은 게 그 첫 번째이고, 바율의 친구인 일라이라는 녀석이 제 아비와 생각보다 사이가 좋았다는 게 두 번째였다.

놈의 아버지가 드래곤 로드라는 걸 몰랐기에 일어난 실수라고 할 수 있었다.

덕분에 싱클레어는 다음을 기약하는 수밖에 없었다. 순순히 포기하고 이대로 돌아가기엔 자존심이 허락하지 않았다. 해서 조금 귀찮게 되긴 했지만, 여태 그래 왔듯 교우 관계에 힘쓰는 중이었다.

만난 지 얼마 되지도 않은 자신을 랑트로 초대한 것만 봐도 바율의 심성이 어떤지는 대충 짐작이 갔다.

정령의 힘을 얻은 자답지 않게 빈틈이 너무 많다고 해야 할까.

사람을 잘 믿는 것도 문제였다. 어떻게 저런 녀석에게 정령계의 복원이란 커다란 숙제가 떨어진 것인지 의문이다.

'하긴, 전대 정령왕들도 죄다 멍청한 것들이었으니.'

지나간 옛 추억이 떠오르자 싱클레어는 피식 비소가 배어 나왔다.

"웃어?"

순간 그 미소를 본 데스가 고개를 살짝 기울인 채 싱클레어를 지그시 바라보았다.

그가 처음부터 녀석을 보고 있었던 것은 아니었다. 상대에게서 먼저 시선이 느껴졌기에 반사적으로 마주했을 뿐,

별다른 감정은 없었다.

심각한 표정을 짓기에 천족에 대해 걱정이라도 하는가 싶었는데, 별안간 웃음을 보였다. 그것도 아주 기분 나쁘게.

"…네?"

데스의 칠흑처럼 까만 눈동자가 저를 향해 있다는 걸 깨닫고 싱클레어는 재빨리 다시 가면을 썼다. 순진한 척 되묻는 녀석의 그 태도에 오히려 데스의 안광이 날카롭게 번뜩였다.

"방금 웃었는데."

"…제가요?"

"어. 누굴 비웃는 것 같았다고 해야 하나?"

이 상황에서 웃었다는 것도 이상하지만, 그게 비웃음이라면 더욱 이상하다. 천족을 잡을 방법에 대해 이것저것 토론하고 있던 바율과 친구들의 이목이 단박에 싱클레어에게 쏠렸다.

"…오해를 하신 것 같습니다. 입가가 간지러워서 움직인다는 게 그렇게 보이셨나 보네요."

"그래? 그것참 이상하네."

데스는 아예 팔짱을 끼고 관찰하듯 싱클레어를 응시했다.

"넌 왜 변한 게 없지?"

"…뭐가 말입니까?"

갑자기 데스가 따지듯 묻자 싱클레어는 땀이 났다.

이 마족 놈이 왜 이러지?

뭔가 눈치챈 건가?

"우리가 마족인 거, 이쪽이 드래곤인 거. 너도 모르는 거 아니었나?"

싱클레어는 옥상에도 올라오지 않았으니 당연히 아무것도 모르는 상태였다. 나중에 설명해 주겠다며 안전하게 숙소에 있으라는 당부의 말까지 했었다.

"그러고 보니 그러네. 싱클레어, 안 놀랐어?"

"이놈의 천족 때문에 미처 우리가 얘기할 틈이 없었네."

안 그래도 싱클레어는 소심하고 겁이 많은 편이었다. 친구들은 대번에 미안함을 느끼고 뒤늦게 녀석을 챙겼다.

"무서워할 필요는 없어. 우리에게 해 같은 건 끼치지 않으니까."

"…으응, 난 괜찮아."

싱클레어는 부러 어깨를 옹송그리며 양손을 잘게 떨었다. 사건이 계획대로 진행되지 않아 초조한 나머지 자신도 모르게 진짜 모습을 보였던 모양이다. 인간이 아니라는 걸 알았으니 당연히 놀라는 척 연기를 했어야만 했다.

"처, 처음에는 엄청나게 당황했는데…… 분위기가 왠지 심각한 것 같아서 내가 나서기가 좀……."

그러니까 감히 자신이 끼어들 수 없었다는 얘기였다.

"우리 몸에 천족이 빙의되어 있을지도 모른다는데, 심각하지 않으면 그게 외려 더 이상하지."

"난 내가 당사자일까 봐 겁도 난다."

"에이단 너는 아닐 테니 걱정 마."

"나는 왜?"

"놈들은 순수한 영혼을 좋아하거든."

"뭐야? 그럼 난 순수하지 않다는 뜻이야? 그렇게 따지면 너희 전부 다 때가 잔뜩 묻었거든! 아니, 나보다 오염도가 훨씬 심할걸!"

친구들 사이에 잠시 고성이 오갔다. 하지만 어째선지 바율은 거기에 낄 수 없었다.

뭔가 꺼림칙한 느낌을 떨칠 수가 없었기 때문이다. 마족과 드래곤의 정체를 드러냈을 때, 그 누구도 이리 덤덤한 반응을 보이진 않았다.

'설마……?'

갑자기 기시감이 또다시 바율을 덮쳤다.

녀석을 꼭 언제고 본 적이 있는 듯한 야릇한 느낌.

벌써 이번이 세 번째였다.

"바율, 나 왔어!"

그때, 별안간 집무실의 창문이 벌컥 열리며 템페스타가 휘잉 하고 모습을 드러냈다. 녀석은 서둘러 달라는 바율의 명에 가르디엥이 견딜 수 있을 만큼의 최대한의 속도로 이동해 날아왔다.

"가르디엥 님은?"

그런데 녀석은 혼자였다. 그에 바율이 의아해할 때 집무실 문을 열고 가르디엥이 등장했다.

"인간들은 창문으로 다니는 거 아니라면서. 그래서 문 앞에다가 내려 줬지."

그사이 혈색이 더 창백해진 게, 이곳까지 오는 길이 결코 편안치는 않았던 것 같았다.

"바율 님."

"가르디엥 님, 어서 오세요. 이쪽으로요."

바율은 친히 자리에서 일어나 가르디엥을 소파로 안내했다.

"편지를 보냈던 엘프로군."

마족들은 가르디엥을 한눈에 알아보았다. 반면 친구들은 그의 뾰족한 귀를 보고 말문을 잃은 듯 멍하니 눈만 깜박였다.

"인사해, 애들아. 여긴 가르디엥 님이셔. 보시다시피 엘프족이고, 날 도우러 오신 분이야."

"반갑습니다. 정화의 숲 지킴이, 가르디엥이라고 합니다."

실내를 찬찬히 둘러보며 인사하던 그는 싱클레어와 눈이 마주친 순간 잠시 멈칫했다.

파다다닥.

그리고 그런 그의 품에서 무언가가 날아올랐다.

"뭐지, 저게?"

날벌레라고 하기에는 애매하고, 그렇다고 날짐승이라고 부르기엔 눈코입이 어디 붙어 있는지도 모를 만큼 작은 생명체였다.

까맣고 동글한 몸체에 투명한 날개를 단, 그 이름도 알 수 없는 것이 바율의 집무실 안을 헤집었다.

"어? 반딧불인가?"

실내를 제집처럼 막 날아다니던 작은 그것에서 갑자기 빛이 새어 나왔다. 그 신기한 현상에 다들 정신이 팔려 있는데, 녀석은 어느덧 움직임을 멈추고 어딘가에 착지했다.

반딧불이 내려선 곳은 바로 싱클레어의 어깨였다.

"……."

바율이 말없이 가르디엥을 힐끔 쳐다보자 그가 맞는다는 듯 고개를 끄덕였다.

"싱클레어."

"…응?"

싱클레어 역시 다른 친구들처럼 자신의 어깨에 내려앉은 반딧불을 신기하게 내려다보고 있었다. 그는 그게 무엇인지 전혀 모르는 눈치였다.

"그거, 이름이 뭔지 알아?"

"아니…… 나도 이런 건 처음 봐서."

"바율, 저게 뭐냐? 넌 아는 거야?"

"엘라룸."

"응?"

"정령계에만 난다는 광물 있잖아. 사악한 이가 곁에 있으면 스스로 빛을 낸다는 그거."

"아! 맞아. 그때 하얀 아저씨가 그랬죠? 난 광물이라기에 당연히 돌처럼 생겼을 줄 알았는데, 아니었구나?"

감탄하는 에이단과 달리 싱클레어의 안색은 삽시간에 굳었다. 그는 엘라룸을 본 적이 없을 뿐, 그 쓰임새를 모르지 않았다.

'제기랄.'

자신을 향한 바율의 눈빛.

기이하게도 녀석에게선 그 어떤 표정도 읽히지 않았다.

"그런데…… 저게 지금 빛을 내고 있는데."

다들 엘라륨에서 눈을 떼지 못할 때, 불현듯 퀸의 묵직한 목소리가 집무실 안을 울렸다. 그런 그의 음성은 모두의 귀에 똑똑하게 박혔다.

엘라륨이 빛을 발산한다는 것.

그건 바꿔 말하면 주변에 악한 이가 있다는 뜻이었다. 그리고 현재 어수선하게 실내를 날아다니던 엘라륨이 빛을 뿌리며 내려앉은 곳은 다른 누구도 아닌 싱클레어의 어깨 위였다.

찰나 동안 괴괴한 적막이 일행을 에워쌌다.

얼어붙은 에이단, 쌍둥이처럼 똑같은 모양으로 인상을 찌푸리고 있는 세이모어가의 삼 남매. 싱클레어를 향한 퀸과 일라이의 시선은 가늘어졌고, 바율의 얼굴엔 서서히 표정이 드러났다.

차갑고 싸늘하지만, 어쩐지 반가워하는 것 같기도 한 냉연한 미소였다.

"너였군."

먼저 침묵을 깬 건 데스였다. 그는 이 상황이 아주 즐겁다는 듯 입꼬리를 말며 싱클레어의 전신을 찬찬히 훑어 내렸다.

그러나 그것은 보이는 모습일 뿐, 그에게선 이전과는 비교할 수 없을 정도로 무시무시한 살기가 흘러나오고 있었다. 실제로 데스는 당장이라도 튀어 나가 놈의 멱을 따고 싶은 충동을 가까스로 억누르는 중이었다.

"그럼 스승님을 납치했던 게 이놈입니까?"

리타에 대한 데스의 집착을 아는 이들이라면 아무 행동도 취하지 않는 지금의 그를 이상하다 여길 것이다. 평소 그의 성격대로라면 묻지도 따지지도 않고 바로 그 자리에서 찢어 죽이고도 남았을 테니까.

그런데 어째선지 그는 화를 참고 있었다. 오히려 분노를 표출하며 날뛴 것은 바르였다.

리타를 스승님으로 모시며 각별한 존경심을 품고 있던 바르에게, 싱클레어는 그야말로 천하의 원수나 진배없었다.

바르가 커다란 덩치에 어울리지 않는 빠른 속도로 싱클레어에게 달려들었다.

"바르, 그러지 마세요."

하지만 그의 움직임은 바율의 말 한마디에 저지되고 말았다. 바율이 무엇을 어떻게 했는지 몰라도, 바르의 하나 남은 손이 싱클레어의 머리통을 찍어 내리려는 순간 거짓말처럼 그의 몸이 멈춘 것이다.

분명 자의가 아니었다.

알 수 없는 힘에 의해 가로막혔다.

보이지 않는 무형의 기운이 바르를 옴짝달싹하지 못하도록 잡아당겼다.

"…도련님?"

그에 바르가 눈을 부릅뜨며 바율을 돌아보았다. 그 사이 입에 밴 듯, 그는 이 와중에도 바율을 도련님이라 칭했다.

"아직 그에게 물어볼 것이 있습니다."

그러니 놓아 주세요.

바르를 곧이 응시하며 명령 아닌 명령을 내리는 바율은 마치 다른 사람 같았다. 아니, 사람이 아니었다.

강포하게 몰아치는 작금의 이 파장은 분명 전대 정령왕의 힘이었다. 그 힘이 바르를 제지한 것이다.

마황과 데스를 제외하면, 암흑의 신이자 마계 서열 10위인 바르를 이토록 한순간에 무위로 만들 수 있는 건 전대 정령왕들이 아니고서야 불가했다.

"바율……!"

"너, 너…… 눈이……!"

달라진 바율의 기질을 친구들이라고 모를 리 없었다. 싱클레어가 숨어 있던 천족이란 사실에 마저 놀랄 새도 없이, 그들은 시시각각 다른 색으로 변하는 바율의 눈동자를 보고 가슴이 철렁했다.

일전에 캔자스시에서 녀석이 폭주했던 때가 기억난 것이

다. 당시엔 은백색만을 띠었었다. 전대 바람의 정령왕의 영향 탓이었는데, 이제는 거기에 물과 불, 땅까지 합세했다.

푸른빛으로 번쩍이다가 금세 붉은 빛깔을 뿜어내고, 그러다 돌연 까만 광채를 발하는 바율에게선 감히 범접할 수 없는 분위기가 풍겼다.

친구들은 녀석이 또 정신을 놓기라도 하면 어쩌나 걱정이 들었지만, 다행히 전처럼 넋이 나갔다거나 무언가에 홀린 것 같지는 않았다.

단호한 음성을 내뱉는 바율은 실제로 이지가 살아 있었다.

그래도 완전히 안도할 수 없었던 일라이는 무의식적으로 아버지를 향해 고개를 돌렸다.

'가만히 있거라.'

그러자 라예가르는 이런 날을 예고라도 했는지 안온한 눈빛으로 아들을 안심시켰다.

'지금은 바율에게 맡길 때다. 별일 없을 것이니 지켜보거라.'

그제야 일라이의 표정이 한층 풀어졌다. 그러나 정작 라예가르의 심상은 아들과 달리 복잡 미묘해졌다.

천족의 등장은 라예가르에게도 가벼이 여길 수 없는 사안이었기 때문이다. 그들이 다시 인간계에 나타나 정령사인 바율의 행보를 방해한다는 건, 중간계에서 살아가는 드래곤들에게도 제법 중대한 문젯거리였다.

그들이 고작 자연재해 따위로 피해를 볼 일은 없겠지만, 인간계가 여기서 더 시끄러워지길 바라지 않는 탓이다.

과거의 사태는 그들이 관여할 수 없는 문제였고, 그렇기에 여태 관망적 태도로 일관했다.

하나 천족이 다시금 정령계를 무너뜨리려 한다면, 아무리 그들이라도 두고 볼 수만은 없었다. 아들인 일라이가 바율과 친구여서가 아니었다.

원래 주신이 그들에게 부여한 임무는 마족으로부터 인간을 지키라는 것이었다.

그렇지만 현재 어떠한가?

마족은 오히려 인간의 편에 서서 싸우고 있고, 주신의 자식이라는 천족은 인간을 보호하기는커녕 되레 정령계의 부활을 막아 인간계를 더욱 추락시키려 하고 있었다.

이게 상식적으로 말이 되는 행위인가?

이런 형국이 앞으로도 지속된다면 종국에 인간은 멸종하고 말 것이다. 그렇게 되면 드래곤 역시 해야 할 일이 없어질 테니, 존재의 이유가 사라지는 셈이다.

드래곤 로드로서 라예가르는 이 같은 상황을 묵과할 수 없었다.

"그만 나오시죠."

친구들이 자신을 보고 놀라건 말건, 바율의 시선은 싱클레어에게 고정되어 있었다.

"바, 바율…… 왜, 왜 그래……."

싱클레어는 겁을 먹은 채 말을 더듬거렸다. 친구들을 쳐다보는 눈초리가 마치 도움을 바라는 눈치였다.

속으로는 간담이 서늘한 상태였지만, 그걸 티 낼 수는 없었다. 일단 무서운 척 연기라도 해서 시간을 벌어 탈출할 기회를 노려야 했다. 엘라륨을 미리 염두에 두지 못한 게 실수였다.

"이미 이 안은 봉쇄되었어."

그런 싱클레어의 속내를 다 안다는 듯, 바율이 먼저 고백했다.

"도망치기에는 너무 늦었다는 의미야."

"바율…… 난 네가 내게 이러는 이유를 정말 모르겠어……. 내, 내가 뭘 잘못한 거니?"

"엘라륨이 없었더라도 당신을 알아보는 건 시간문제였을 겁니다. 몇 차례 이상한 기분을 느꼈었거든요. 묘한 기시감 같은 거."

"……."

"오랜만이야, 엘레오스."

그리 말한 바율은 별안간 싱클레어를 향해 낯선 이름을 토해냈다. 그에 친구들이 의아해했다면, 싱클레어 본인은 심장이 쿵쾅거렸다.

흡사 불의의 습격을 당한 사람처럼 그의 눈동자가 혼란으로 서걱거렸다.

내가 누군지까지 알아차린 건가?

어떻게……?

"놀랄 것 없어. 우리가 널 잊을 리 없잖아."

바율은 스스로를 '우리'라 자칭했다. 그러고 보니 녀석은 눈의 색이 바뀔 때마다 말투 또한 달라졌다. 인격 자체가 변하는 느낌이랄까.

"아니면 네가 우릴 잊은 건가? 그렇다면 이거 상당히 서운한데?"

"서, 설마 너는……!"

바율의 눈빛이 푸른색을 띤 순간, 싱클레어가 사색이 돼서는 자신도 모르게 부르르 몸을 떨며 이름 하나를 꺼냈다.

"다프네그란데……."

그와 동시에 전대 물의 정령왕, 다프네그란데의 연인이었던 마황 크루델리스가 자리에서 벌떡 일어나 바율에게로 성큼 걸어갔다.

"…다프네? 정말로 당신이야?"

그는 얼마나 놀랐으면 그답지 않게 떨고 있었다. 바율을 바라보는 두 눈에는 그리움이 가득했다.

"크루, 나중에. 나중에 이야기해."

죽은 옛 연인의 응답에 마황은 또 한 번 소스라치게 놀랐다. 온몸이 석상처럼 굳었다. 다시는 만날 수 없을 거라 여기며 살아왔기에 그가 받은 정신적 충격은 가히 엄청났다.

"예전이나 지금이나 유난이라니까."

바율이 마황을 비웃듯 흘겨보고는 싱클레어에게 손가락질했다.

"보고 싶었다, 엘레오스. 이게 얼마 만이지?"

"…하아! 골 때리네."

갑작스러운 전대 정령왕들의 출현에 당황하기도 잠시, 싱클레어가, 아니 엘레오스가 어이없는 웃음을 터뜨리며 드디어 본색을 드러냈다.

"전부 뒈진 거 아니었나? 어떻게 다시 나타났지? 대체 이 녀석한테 뭔 짓을 한 거야?"

싱클레어의 단아하고 여린 얼굴에서 이처럼 표독스러운 표정과 거친 말투가 나올 거라곤 아무도 상상하지 못했다. 그 어울리지 않는 조합에 다들 기괴함을 느꼈다.

"아무 짓도 하지 않았습니다."

"…넌 바율 같은데?"

원래 바율의 눈동자 색인 잿빛이었다. 존대를 하고 있지만, 엘레오스는 귀신같이 알아차렸다.

"당신이 자비의 신이라 불리는 엘레오스로군요."

"너도 날 아나 보네."

"조금은요."

"훗, 그래서 소감은?"

"고민 중입니다."

"…고민?"

소감을 물었더니 난데없이 웬 고민 타령이란 말인가. 이해하지 못한 그가 고개를 갸웃하자 바율이 진지하면서도 낮은 어조로 분명하게 말했다.

"당신을 죽여야 할지, 말아야 할지 말입니다."

"…뭐? 나를 죽여야 할지, 말아야 할지가 고민이라고? 감히 인간인 네가?"

엘레오스는 진심으로 웃음이 새어 나왔다.

인간의 자만이란 이렇게까지 대단한 것이었구나!

대관절 어디에서부터 바로잡아 줘야 할지, 그의 입장에선 통탄할 노릇이었다.

"그게 가당키나 한 줄 알아? 내가 이깟 인간 몸뚱이에 들어와 있다고 해서 만만하게 보이나 보지? 아니면 마족 놈들이랑 드래곤이 함께 있으니 눈에 뵈는 게 없는 건가?"

"천족의 오만함에 대해선 익히 들었지만, 실상은 훨씬 더 심각하군요. 생각보다 멍청한 것 같기도 하고."

"뭐, 뭐야?"

"당신쯤은 저 혼자서도 충분합니다."

바율은 놀라울 만치 조금도 흥분하지 않았다. 그는 도리어 어느 때보다 냉정하며 차분했다. 친구들이 보기에 전대 정령왕들의 능력을 더욱 각성한 것 같기도 했다.

"당장은 죽이는 것보다 인질이 낫겠네요."

"인질?"

엘레오스에겐 너무나 생소한 단어였기에, 그것과 자신을 바로 연결 짓지 못했다.

"아마도 당신의 아버지와 전쟁을 치러야 할지도 몰라서 말입니다."

엘레오스의 아버지라면 무려 '주신'이었다. 하지만 그런 상대와의 싸움을 말하면서도 바율의 말투는 무덤덤하기만 했다.

"주신께선 당신의 자식인 천족들을 무척이나 사랑한다고 하질 않습니까. 엘레오스 님을 볼모로 삼으면 어떻게 될지 몹시 궁금하네요."

바율이 연이어 어처구니없는 말만 내뱉자 엘레오스는 대답할 가치조차 느끼지 못했다.

인질 얘기도 기가 차지만, 아버지를 함부로 입에 올리는 녀석을 용서할 수 없었다.

"미안하지만, 그 궁금증은 평생 풀지 못할 거야. 넌 오늘 여기서 내 손에 죽게 될 거거든."

엘레오스의 기세가 달라졌다.

이왕 이렇게 된 거 녀석을 처리하고 돌아가 근신이나 받으면 될 터였다. 아버지의 눈도 피할 겸, 재미 좀 보겠다고 인간의 형상으로 직접 나타난 게 이 귀찮은 일의 시작이라면 시작이었다.

하지만 모든 일이 제 뜻대로 돌아가길 바라는 건 그의 희망 사항일 뿐이었다.

"어떻게요?"

"......?"

"그 상태로 움직이실 수나 있겠습니까?"

바율의 말이 끝나자마자였다. 빛을 내뿜으며 여전히 엘레오스의 어깨 한 부분을 차지하고 있던 엘라륨에게서 별안간 촉수가 뻗어 나왔다.

자그마한 몸체 어디에 그런 것이 숨겨 있었는지, 길고 가느다란 수만 개의 촉수가 순식간에 엘레오스의 몸을 완전히 포박했다.

"으아아악!"

번개가 척추를 관통하는 듯한 통증을 느끼며 엘레오스가 비명을 내질렀다.

"엘라륨의 진짜 힘은 세상 모든 것을 꼼짝할 수 없도록 가두는 능력입니다. 그리고 그건 제가 아니라 정령사인 바율 님만이 하실 수 있습니다."

가르디엥은 언제고 이런 날이 올 줄 알고 자신이 엘라륨을 갖고 있었던 것 같다는 말도 덧붙였다.

싱클레어가 스르륵 넘어졌다. 엘라륨이 속박하기로 결정한 건 싱클레어의 몸 안에 숨어 있는 엘레오스였다. 엘라륨의 촉수에 완벽하게 감금당한 그의 절규가 실내에 요란하게 울려 퍼졌다.

Chapter 5.
태초의 어둠

1.

고통을 이기지 못한 엘레오스는 이내 기절했다. 바로 눈앞에서 벌어진 놀라운 장면에 집무실 내부의 공기는 또 한번 무겁게 가라앉았다.

만약 그들이 지금 독서 중이라고 가정한다면, 등장인물중 하나인 엘프 가르디엥이 도착하면서부터 책 속 사건 전개가 쑥쑥 진행된 꼴이었다.

싱클레어의 몸에 천족이 정말로 기생하고 있었다니, 친구들로서는 그야말로 기절초풍할 일이었다.

무엇보다 엘라륨의 변신에 다들 비명을 지를 뻔했다.

"저거 진짜 무섭다! 그 조그만 몸에서 어떻게……!"

에이단은 차마 말을 다 끝맺지 못했다. 엘라륨의 촉수에 머리만 남기고 온몸이 꽁꽁 싸매진 엘레오스는 마치 누에고치 그 자체 같았다.

한데 보다 보니 중간중간 촉수가 꿈틀거리는 게, 문득 어디까지 늘어날지 궁금하기도 하다. 템페스타도 그게 신기했는지 움직이는 곳마다 손으로 콕콕 찔러 대고 있었다.

"…어?"

그때 갑자기 에이단이 눈을 번쩍하고 크게 떴다. 그러곤 곧장 바르를 돌아보았다. 그도 자신과 같은 것을 들었는지 알아야 했기 때문이다.

역시나 바르도 흥미롭다는 듯한 시선으로 엘라륨을 보고 있었다.

"왜 그래?"

"저게…… 말을 하는데?"

"으잉? 진짜?"

살아 있는 생명체처럼 날아다녔다가, 이젠 꿈틀대기까지 하고 있으니 테이머인 에이단에게 엘라륨의 소리가 들리는 것도 납득하지 못할 건 아니었다.

하지만 엘라륨이 광물이란 얘기부터 접해서인지, 쉽게 수긍하기 어려운 것도 사실이었다.

"착한 녀석이군."

바르의 입가에는 평소 보기 드문 미소가 걸려 있었다.

"책임감까지 아주 강하고. 저 천족 놈은 절대 빠져나오지 못하겠어."

그것이 꽤 마음에 든다는 양 바르가 흐뭇한 표정을 지었다.

"가르디엥 님 덕분입니다. 때마침 와 주셔서 얼마나 다행인지 모릅니다."

그가 없었더라면 천족이 곁에 있는 것도 모른 채 얼마나 더 함께 시간을 보냈을까.

정령계를 멸망시킨 원흉에다가, 심지어 같은 짓을 또다시 저지르려는 상대를 알아보지도 못하고 온갖 친절을 베풀었다.

물론 그 껍데기는 평범한 인간 싱클레어였지만, 정작 진짜 몸의 주인은 빙의되었던 동안의 일을 거의 기억하지 못할 터였다.

싱클레어는 현재 바율의 옆방에서 잠든 상태였다. 언제부터 엘레오스에게 몸을 빼앗겼는지는 그가 깨어나야만 정확히 알 수 있을 것이다.

그때가 돼서 녀석에게 뭐라고 설명을 해 줘야 할지, 바율은 한편으론 막막했다.

"바율. 아까부터 묻고 싶었는데, 대체 어떻게 된 거야?

해밀턴에 가기 전까지만 해도 아무 말 없었잖아."

엘프는 현 세계에선 거의 볼 수 없는 미지의 종족이었다. 오래전 어느 날 감쪽같이 사라져 버리는 바람에 인간들에 겐 거의 잊혔다고 할 수 있었다.

그런 존재와 바율이 어째서 같이 이렇게 오게 된 것인지 친구들은 의아했다.

"사실 아카데미 종강하던 날 편지를 한 통 받았었어."

바율은 가르디엥과의 첫 인연의 시작부터 차분히 고백했 다. 그가 결혼식 피로연장에 몰래 숨어들어 바율을 찾은 것 과 천족에 대한 경각심을 일깨워 준 것까지 전부 털어놓았 다.

"정말 가르디엥 님 아니었으면 더 큰일이 났을 수도 있 었겠네요!"

처음부터 좋게 보긴 했지만, 가르디엥을 향한 친구들의 눈 속에 더 큰 호감이 들어찼다.

그건 마족들도 마찬가지였다.

놈은 무슨 이유에선지 리타를 자꾸만 건드렸다. 마족들 이 경계 태세에 들어가긴 했지만, 빈틈을 노리고 덤볐을 가 능성이 농후하다.

그런 찢어 죽여도 시원찮을 천족 놈을 잡게 해 줬으니, 가르디엥에게 무엇을 내줘도 아깝지 않았다.

"그대의 공을 치하하는 뜻으로 내가 사례를 좀 할까 하는데."

"…제게 말입니까?"

가르디엥은 바율과 함께 마차를 타고 오는 동안 마족과 드래곤에 대해 미리 전해 들었기에 나름대로 놀라지 않을 자신이 있었다. 하지만 직접 보니 긴장이 안 될 수가 없었다.

엘프족도 인간들이 보기 드문 종족이긴 하나, 드래곤과 마족은 완전히 다른 존재였다. 그들과 친구처럼 격의 없이 지내는 바율이 가르디엥은 실로 대단하게 느껴졌다.

"우리 대신 복수를 해 준 격이니 무엇이든 말해도 좋다."

"그런 거라면 사양하겠습니다. 제겐 바율 님을 모시고 지켜 내야 할 책임이 있습니다. 저는 그저 소임을 다했을 뿐입니다."

"아, 바율 말고 리타."

"…예?"

"저 천족 놈이 리타를 납치해서 죽이려 했었거든. 하아, 다시 생각하니 또 열 받네. 바율, 저 새끼 그냥 죽이면 안 되는 거야?"

데스가 살벌한 말투로 가르디엥의 오해를 바로잡아 주었다. 그는 진정 엘레오스의 몸통을 두 동강 내고 싶은 심정이었다.

"리타라니요? 그게 누굽니까?"

"리타를 몰라? 천재 요리사인데?"

데스뿐 아니라 마족들 전체가 한심하다는 기색으로 일제히 가르디엥을 바라보았다. 고맙다며 상을 주겠다고 말한 게 방금 전이거늘, 리타를 모른다는 이유만으로 금세 비호감으로 낙인찍힌 느낌이었다.

"어려서부터 저랑 같이 자란 제 전담 하녀입니다. 요리가 특기거든요."

이럴 줄 알았으면 리타에 관해서도 언질을 해 주는 건데. 바율은 자신의 실책이라며 속으로 한숨을 내뱉었다.

"그렇군요⋯⋯."

바율의 설명에 고개를 끄덕이면서도 가르디엥의 얼굴에서는 '그래서요?'란 의문이 떠나지 않았다. 리타란 소녀가 천족에게 나쁜 짓을 당한 건 안타까우나, 들어 보니 무사히 잘 구해 냈다.

하지만 그건 그거고, 가르디엥 입장에서는 감사의 인사를 받으려면 당연히 그 대상으로 바율이 언급되어야 했다.

리타를 숭배하는 마족들의 감정을 전혀 모르는 가르디엥으로선 어리둥절한 상황일 수밖에 없었다.

그것이 끝내 마음에 차지 않은 듯 마황이 입을 쓱 닫았다. 상을 내릴 생각이 없어진 것이다.

크루델리스는 기실 다른 걸 더 묻고 싶었지만, '나중에'라는 그 한마디에 엄청난 인내심을 발휘하는 중이었다.

마황의 그런 속도 모르고 라피트가 툭 끼어들었다.

"근데 바율 형, 아까 뭐야? 눈 색이며 말투가 막 왔다 갔다 하던데. 난 그때가 제일 겁났어!"

"맞아. 난 또 너 폭주하는 줄 알고 심장이 이만하게 쪼그라들었다고!"

"화가 날 만한 상황인 건 알지만, 평소랑 많이 다른 것 같더라. 우리 없을 때 무슨 일 있었던 건 아니지?"

일라이와 로건이 걱정을 드러내며 물었다. 말은 없지만, 퀸과 라나사도 근심이 서린 얼굴들이었다.

하긴, 이상하기도 했을 것이다.

바율 스스로도 그것은 생소한 경험이었다.

전대 정령왕들이 모조리 나타나 저를 통해 엘레오스와 대화를 나누었다. 바율이 직접 그들과 얘기를 나눌 수는 없었으나, 어떤 대화가 오가는지는 분명하게 알 수 있었다. 원한다면 자신 역시 그사이에 끼어 엘레오스에게 말을 할 수도 있었다.

바율 혼자만의 짐작이지만 엘레오스를 마주하고 격앙된 나머지, 몸 안에 잠들어 있던 어떤 기운이 잠시 깨어난 것 같았다.

특별했던 점은, 조금 전 전대 정령왕들이 입을 열었을 때 그들의 감정까지 느낄 수 있었다는 것이다.

다들 바율의 상상보다 훨씬 더 엘레오스를 증오하고 있었고, 물의 정령왕이었던 다프네그란데는 마황을 보는 순간 뭐라 표현할 수 없는 감정의 소용돌이를 보였다.

그녀가 그의 말을 짧게 끊었던 데에는 그런 까닭도 존재했다.

나는 과연 전대 정령왕들과 대화를 할 수 있는 순간이 오기는 할까?

그런 경험이 신기한 한편, 정작 자신은 그들과 아무 얘기도 하지 못했다는 데 바율은 내심 섭섭하기도 했다.

"바율?"

그가 대답도 없이 딴생각에 빠진 듯하자 성질 급한 에이단이 어깨를 툭 쳤다.

"어, 미안!"

바율은 서둘러 현실로 복귀하며 가르디엥에게서 들었던 정령계가 멸망한 이유에 대해서 무거운 어조로 털어놓았다.

"헐! 그게 다 질투심 때문이었어?"

"정령을 더 사랑한 인간에게 내린 형벌이라고?"

"그 주범이 심지어 자비의 신 엘레오스고, 그게 저 자식이란 말이야?"

친구들의 반응은 바율이 처음 이야길 전해 들었을 때와 그다지 다르지 않았다.

"여기도 시기 질투, 저기도 시기 질투. 아주 투기가 문제로구먼!"

드래곤 사회를 떠올리며 빗댄 말이었다.

"네가 그토록 열 받았던 게 한번에 이해가 되네. 어떻게 저런 새끼가 자비의 신으로 불리는 거지? 바율, 진짜로 그냥 죽여 버리면 안 돼?"

라나사가 당장이라도 검을 뽑아 들 태세로 씩씩거렸다. 수많은 인간을 고통받게 하는 자연재해가 전부 천족의 유치한 질투심으로 인해 생겨난 일이라고 하니, 그녀는 얼굴이 벌게질 정도로 분노가 치솟았다.

"라나사, 지금은 일단 때가 아닌 것 같아. 천신만이 아니라 주신까지 걸린 문제잖아."

"그래, 그게 가장 큰 문제야."

"근데 정말 주신이 그걸 용인하고 넘어갔을까? 난 도저히 납득이 안 가는데."

아무리 아끼는 아들이라고는 하나, 주신이 그랬을 리는 없을 것 같았다. 천신뿐 아니라 인간도, 드래곤도, 마족들도 전부 동일한 주신의 창조물이지 않은가?

"차별이 아주 대박이다, 대박이야."

라피트는 기가 막힌다는 듯 혀를 쯧쯧거렸다.

"크리스 씨."

친구들에게 모든 사실을 말한 뒤, 한동안 잠자코 있던 바율이 돌연 마황을 불렀다.

"전에 그랬죠? 정령계가 멸망한 건 태고의 신물을 모았기 때문이라고. 그건 무슨 의미인가요? 가르디엥도 그에 대해선 모르는 것 같았거든요."

혹시 다프네의 얘기가 나올까 싶어 반색하던 그의 낯빛이 바율의 물음에 단숨에 바뀌었다.

"……."

"여전히 입을 다무실 겁니까?"

묵비권을 행사하는 마황을 보며 바율은 고개를 가로저었다.

"그럼 이번엔 데스에게 물어볼게요. 그때 분명 건드려선 안 되는 걸 건드리는 바람에 정령계가 멸망한 거라고 하셨죠? 그게 뭐냐는 제 질문에 모른다고 하셨지만, 사실 알고 있다는 거 압니다. 일부러 말 안 해 주신 거 알고 있다고요."

"…그렇게 눈치가 빠른 편이었던가?"

자연스럽게 잘 넘어갔다고 여겼는데 아니었군.

데스는 바율의 눈길을 슬그머니 피하며 중얼거렸다.

"아빠는 알지?"

그때 일라이가 또랑또랑한 눈빛으로 라예가르를 보며 불쑥 물었다. 녀석은 드래곤 로드인 아버지가 그걸 모를 리 없다고 철석같이 믿는 표정을 하고 있었다.

하지만 어째선지 라예가르 또한 입을 다물기로 결정한 모양이었다. 이쯤 되자 바율과 친구들은 물론, 가르디엥까지 의심이 일었다.

그들이 알면 안 되는 어떤 거대한 비밀이 있지 않고서야 이럴 리가 없을 것이다.

셋이 뭘 숨기고 있는 거지?

수상한 눈초리로 그들을 살피는데, 갑자기 엉뚱한 곳에서 답변이 들려왔다.

"그야 당연한 거 아니야? 그걸 다 모으면 내 아버지가 죽을 수도 있는데, 모은 놈들을 멀쩡히 살려 두는 게 말이 돼?"

다들 소리의 진원지를 찾아 자연스럽게 고개가 돌아갔다. 그곳엔 언제 깼는지 엘레오스가 시퍼런 눈알을 번뜩이며 일행을 노려보고 있었다.

"얼굴이…… 싱클레어랑 비슷하네."

"근데 더럽게 잘생겼다."

인정하고 싶지 않았지만, 라피트는 저도 모르게 내뱉고 말았다.

자비의 신, 엘레오스.

싱클레어와 육체가 분리될 땐 악을 쓰느라 제대로 보지 못했고, 이후엔 기절해 있어서 크게 관심을 두지 않았다. 한데 깨어난 얼굴을 보니 싱클레어와 매우 닮아 있었다.

그러잖아도 미소년인 싱클레어의 이목구비가 좀 더 입체적으로 진화한 느낌이랄까. 유약한 인상 역시 사라지고 없었다.

백옥 같은 피부에 보석을 박아 넣은 듯한 푸른색 눈동자, 우아한 골격의 턱선. 코와 입은 정성을 다해 빚은 듯 완벽했으며, 짧은 금색 머리칼은 꼭 태양을 연상시켰다.

누군가의 표현을 그대로 옮기자면, 심장에 무리가 갈 만큼 엄청난 미모의 소년이었다.

그런데 조금 전 그가 뭐라고 했더라?

"…태고의 신물을 모으면 주신을 죽일 수 있는 겁니까?"

바울의 질문에 답한 이는 아무도 없었다. 오로지 엘레오스만이 그러기만 해 보라는 듯 몸을 들썩거렸다.

"그렇군요……."

태고의 신물을 만든 건 주신이라고 했다. 근데 그 신물이 그를 죽일 수도 있다니.

주신은 무슨 생각으로 그런 물건을 만든 거지?

언젠가는 누군가가 자신을 죽여 주길 바라기라도 하는 걸까?

그런 거라면 취향이 좀 이상한걸.

뭐, 이유야 어찌 되었든 내게는 잘된 일이네.

바율은 의식하지 못했지만, 그의 얼굴엔 이미 희미한 웃음기가 어리고 있었다.

"바, 바율! 너…… 무슨 생각을 하는 거야? 왜 그렇게 웃는 건데?"

"너 설마 진짜로 주신과 전쟁을 치르려는 건 아니지? 그치?"

주신과의 전쟁을 입에 담을 때부터 기분이 꺼림칙하긴 했지만, 말도 안 되는 일이라고 생각했다. 그런데 태고의 신물을 모으면 주신을 죽일 수 있는 거냐고 묻는 바율의 표정은 너무나 태연했다. 미소를 지을 때는 왠지 모를 섬뜩함까지 느껴졌다.

전대 정령왕들의 기운에 동화되기라도 한 건지, 평소의 유순하던 바율과는 상당히 거리가 멀었다.

"그럼 이대로 계속 당하고만 있으라고?"

"그건…… 아니지만……."

대륙을 덮친 자연재해를 해결하지 못하면 인간들에게 미래란 없었다.

정령사인 바율의 등장으로 온 나라가 들썩이고 있는 시점에 뜬금없이 천족이 나타나 훼방을 놓기 시작했다. 그 와중에 알게 된 진실은 경악할 만한 수준이었고, 그 배후를 처리하는 방법 외에 마땅한 해결책이 떠오르지 않는 것도 사실이었다.

하지만 그냥 신도 아니고 무려 주신이었다.

설령 태고의 신물에 숨겨진 비밀이 진짜라고 해도, 인간이 주신을 상대로 전쟁을 한다는 건 누가 봐도 무모한 짓이었다.

"역시 인간은 어리석고 아둔해! 이제야 비로소 좀 자각이 되나 보지?"

엘레오스가 한껏 비아냥거리며 일행을 둘러보았다.

"네놈들이 아무리 날뛰어 봤자야. 감히 네까짓 것들이 어딜 덤벼? 멍청하면 주제 파악이라도 할 줄 알아야지!"

엘라륨에게 취박된 몸이 불편하기라도 한지 엘레오스가 버둥거리며 소리쳤다.

"태고의 신물을 모으면 가능한 것 아닙니까? 그걸 제게 말해 준 건 엘레오스 님일 텐데요."

"푸하! 이렇게 순진하다니! 그걸 네가 다 어떻게 모을 건데? 과연 그때까지 내 아버지께서 가만히 계실까?"

엘레오스의 입가에 잔인한 미소가 그림처럼 번졌다.

"아버지가 아시는 날엔 너희 모두 죽게 될 거다. 헛된 망상을 꿈꾼 대가로 세상에서 가장 비참하고 참혹하게 말이지!"

"자비의 신에게는 참으로 어울리지 않는 말투로군요."

"뭘 모르는군."

엘레오스는 잘 들으라는 듯 또박또박 힘주어 말했다.

"바율 널 보자마자 죽이지 않은 게 바로 자비란다. 내가 얼마나 많은 것을 봐줬는지 알면 아마 깜짝 놀랄걸?"

"그래서 그 결과가 지금 그 상태인 겁니까?"

바율은 엘라륨에게 붙잡혀 입만 놀리고 있는 엘레오스를 보란 듯이 쭉 훑어 내렸다. 명백한 도발이자 조롱이었다.

엘레오스가 얼굴이 붉어져서는 고래고래 고함을 질렀다.

"내가 여기서 풀려나면 네놈부터 죽여 버릴 거야! 눈알을 파내고 사지를 잘라 낸 다음, 짐승들의 먹잇감으로 던져 주지! 네놈을 숭배하던 인간들이 전부 볼 수 있게 말이야! 이번에야말로 정령의 싹을 완전히 다 밟아 없애 버릴 거라고!"

"할 수 있다면 해 보십시오. 다만, 이번에는 그리 쉽게 당하지만은 않을 겁니다."

엘레오스의 끔찍한 저주에도 바율은 여유를 잃지 않았다. 악의가 뚝뚝 떨어지는 그의 말에 친구들이 몸서리를 친 것과는 판이한 태도였다.

"핫! 마족과 드래곤이 도와줄 거라고 착각하고 있나 본데, 그건 기대하지 않는 게 좋아. 저들도 결국에는 내 아버지의 명을 어길 수 없을 테니까. 특히나 저 마족 놈들은 이미 배신한 전적이 있지. 두 번이라고 뭐 어렵겠어?"

"…배신이라니요? 마족이 누구를 배신했다는 겁니까?"

"바보야? 누구긴 누구야, 정령이지! 저 버러지만도 못한 것들이 정령계를 돕겠다고 설쳐 대는 꼴이 얼마나 우습던지!"

마족들을 하찮다는 듯 쳐다보며 엘레오스가 끌끌 혀를 차 댔다.

"그때 한 번 크게 혼났으면 이제 정신 차릴 때도 되지 않았나? 머리가 나쁜 거야? 왜 같은 실수를 또 하려고 하지?"

"시끄러워서 더 이상은 못 들어 주겠군."

배신이라는 단어가 튀어나왔을 때부터 이미 공기는 달라져 있었다. 마황과 데스에게서 동시에 엄청난 살기가 뿜어져 나왔다.

그 날카로운 예기에 행여 아들과 친구들이 다칠까 싶어

염려가 되었는지, 따뜻한 기운이 바로 일행을 에워쌌다. 라예가르의 배려였다.

"인질이니 뭐니, 다 집어치워. 난 그냥 꼴리는 대로 해야겠으니."

무엇이 데스를 건드린 걸까. 리타를 구한 뒤 반신의 몸으로 돌아와 있던 데스가 어느새 다시 진체를 드러내고 있었다. 그런 그에게선 이제껏 보지 못했던 강한 증오심이 느껴졌다.

"그러고 보니, 그때 다쳤던 발목은 이제 멀쩡해진 건가?"

엘라륨에게 꽁꽁 묶여 있으니 확인할 길이 없었다.

"오늘은 발이 아니라 멱을 따 주지."

데스의 안구가 형형하게 빛났다. 별안간 그의 오른손과 팔뚝에 검은 핏줄이 불거지더니, 우두둑하는 괴기스러운 소리와 함께 손톱이 쫙 길어졌다.

그것은 어떤 창검보다도 단단하고 예리한 느낌이었다. 스치기만 해도 세상 어떤 것이든 베어 버릴 것만 같은 서슬 퍼런 기세가 흘러나왔다.

"가, 감히 날 죽이겠다고!"

끝까지 오만한 척 고개를 쳐들고 있지만, 엘레오스는 이미 당황한 기색이 역력했다.

왜 아니겠는가. 그는 일전에 벌써 데스에게 발목을 잘린 경험이 있었다. 천기와 마기는 서로 상극의 성질을 띠기에 치료하는 데 한참 애를 먹기도 했다.

우습게 볼 상대가 아니라는 건 지난번의 일로 충분히 깨우쳤다.

"오, 오지 마!"

반쯤 풀린 눈을 보니 정신이 완전히 나간 게 분명했다. 놈의 머릿속에는 자신이 누구인지 따위는 들어 있지 않은 게 확실하다. 어느새 한 가닥 남았던 여유마저 사라졌다.

불길한 기운이 진즉부터 엘레오스의 목 주변을 겉돌고 있었다.

'안 돼!'

데스가 마음만 먹는다면 단번에 본인의 목이 날아갈 수도 있음을 엘레오스는 그 순간 절실하게 깨달았다. 저 징그러운 손톱이 제 몸에 닿을 걸 상상하니 오싹 소름이 끼쳤다.

계획이 틀어졌을 때 몸을 피했어야 했는데!

후회해 봤자 지금은 쓸데없는 생각일 뿐이었다.

"데스."

데스가 엘레오스를 향해 한 걸음 발을 뗐을 때였다. 함께 분노하였지만, 간신히 이성을 붙들고 있던 마황이 동생을 불러 세웠다.

하지만 어째선지 그건 더 큰 자극을 불러일으켰다.

"닥쳐! 너도 함께 뒈지고 싶지 않으면!"

"모든 걸 망칠 셈이냐? 놈이 여기서 죽으면 인간계가 어찌 될지 몰라서 이래?"

"내가 그것까지 신경 써야 하나? 이 세계가 멸망하든 말든 난 관심 없어. 눈에 거슬리는 놈들만 없애 버리면 그뿐."

현재로선 그 거슬리는 대상이 엘레오스인 게 문제였다.

"아버지가 그걸 잘도 원하시겠다."

쾅!

부지불식간에 벌어진 일이었다. 마황이 '아버지'를 거론한 순간, 데스가 전광석화보다도 빠른 속도로 그에게 달려들었다.

그가 제 형의 목을 틀어쥔 채 음산하게 뇌까렸다.

"다시 한번 지껄여 봐. 뭐라고 그랬어?"

데스의 손톱이 박힌 크루델리스의 하얀 목에서 시뻘건 피가 꿀렁꿀렁 새어 나왔다. 본래 저 손톱이 박혀야 할 곳은 엘레오스의 경부였다.

급변한 상황에 다들 놀라 입만 벙긋거리는데, 정작 당사자인 마황의 얼굴은 평온하기만 했다.

"데스, 흥분하지 마. 이제 와서 달라질 건 아무것도 없으니까."

"달라질 게 왜 없어? 널 죽이면 내 속이 시원해질 텐데."

데스의 눈동자가 더욱 진한 핏빛으로 물들었다.

"아직도 그렇게 화가 나?"

"……."

"내가 아버지를 죽이고, 마황이 된 게 그렇게 고까워?"

"한마디만 더 해. 그땐 정말로 죽여 버릴 거니까."

마황의 모가지를 쥔 데스의 손아귀에 힘이 들어갔다. 손톱이 점점 깊게 파고들자, 그만큼 쏟아지는 피의 양도 늘어갔다.

순백에 가까운 크루델리스의 전신에 붉은 피가 흐르자, 색의 대비 효과 때문인지 유난히 기괴한 느낌이 강했다.

"데스."

마황의 음성은 전에 없이 다정했다. 심지어 데스를 보는 그의 눈빛은 온화하기까지 했다.

"넌 날 죽이지 못해. 그때도, 지금도."

어디서 오는 자신감일까.

마황은 동생을 똑바로 마주 보며 부탁했다.

"그러니 진정하렴. 아버지를 죽인 건 내가 맞지만, 애초에 그가 정령계를 배신하지 않았다면 그럴 일은 없었을 거야. 그랬다면 당연히 다프네도 죽지 않았을 거고."

쩌억— 쩌억—

엄청난 한기가 실내를 뒤덮었다. 바닥이며, 벽, 천장 할 것 없이 한순간에 사방이 얼음 동산으로 바뀌었다. 크루델리스의 몸을 적시던 피도 멈췄고, 데스의 손톱도 제자리로 돌아갔다. 목에 났던 상처 역시 완벽하게 아문 후였다.

"날 원망하는 네 마음은 이해한다. 네게서 아버지를 뺏어 간 건 미안하게 생각해."

그간 한 번도 하지 않았던 말이었다. 그러나 언젠가는 반드시 말하려고 했었다. 마땅한 기회가 없었을 뿐.

"하지만 그가 약속을 어김으로써 난 연인을 잃었다. 차라리 그가 날 죽였다면 그렇게까지 화가 나지는 않았을 거야. 넌 이해하지 못하겠지만, 다프네는 내게 전부였어."

수천 년 전, 정령계가 멸망하기 직전. 정령들은 마계에 도움을 청했고, 평소 주신에게 반감이 컸던 전대 마황은 흔쾌히 정령계와 손을 잡았다.

하지만 그는 막판에 배신을 택했고, 그로 인해 정령계는 더욱 허망하게 사라질 수밖에 없었다.

그 사실에 분노한 크루델리스는 직접 아버지를 죽이고 마황의 자리에 올랐다. 그런 형의 패륜에 격노한 데스가 한동안 미쳐서 날뛰었지만, 결국 그는 제 손으로 형을 죽이지는 못했다.

"아버지의 복수를 하고 싶으면, 내가 먼저가 아니야. 애당초 이 사달을 만든 건 주신이란 걸 잊지 마."

거기까지 말한 마황의 시선이 바율에게로 향했다.

"그 전쟁에 우리도 동참하지."

"…진심이십니까?"

바율로서는 어차피 피할 수 없는 선택이었다. 그는 어머니를 위해서라도 정령계를 반드시 복원해야만 했다. 그걸 반대하는 것이 천족이고, 주신은 그들의 편에 서 있다.

불리한 싸움이 될 게 뻔하지만, 이러나저러나 바율은 한 방향으로밖에 나갈 수 없었다.

하나 마계는 상황이 달랐다. 그들까지 최후를 염두에 두고 바율을 도울 필요는 없다는 뜻이다.

"물론이야. 이렇게까지 된 이상, 우리도 더는 참지 못하지."

바율이 태고의 신물에 얽힌 비밀을 모르길 바랐지만, 떠들기 좋아하는 멍청한 천족 때문에 결국 다 까발려졌다.

"어차피 쓸모도 없는 천계, 이참에 우리가 다 쓸어버리면 되겠군."

"우, 웃기고들 있네! 이것들이 단체로 미쳤나! 감히 주신인 아버지께 덤비겠다고? 내가 가만히 있을 것 같아? 당장

가서 네놈들의 만행을 고할 것이다!"

조금 전 데스에게 죽임을 당할 뻔했다는 걸 그새 잊었는지, 엘레오스가 분기탱천해서는 외쳤다.

"어떻게 고할 건데?"

"…뭐?"

"그 상태로 네놈이 뭘 할 수 있느냐고."

데스의 물음에 그제야 사태 파악이 된 듯 엘레오스가 이를 갈며 으르렁거렸다.

"이 엘라륨만 아니면 네까짓 놈은……!"

스르륵.

그의 말이 끝나기도 전에 엘라륨이 촉수를 거둬들였다. 데스가 바율에게만 들리게끔 부탁해 이뤄진 일이었지만, 그걸 알 리 없는 엘레오스는 순간 흠칫했다.

"아까 뭐라고 했더라? 엘라륨에서 벗어나면 눈알을 파내고, 사지를 잘라 내겠다고 했지?"

엘레오스가 데스의 말 속의 함의를 미처 알아차리기도 전에 일은 벌어졌다. 엘레오스는 본인이 내뱉었던 그대로 순식간에 사지가 절단되고 눈까지 멀었다.

재차 길어진 데스의 손톱에서 피가 뚝뚝 흘렀고, 바닥엔 엘레오스의 눈알과 사지가 아무렇게나 널브러져 있었다.

"크하아아악!"

엘라륨에게 당할 때와는 차원이 다른 고통이었다. 미칠 듯한 통증에 자지러지는 그의 몸뚱이를 엘라륨의 촉수가 다시금 포박했다.

"아직은 주신이 알아서 좋을 게 없으니, 이 녀석은 마계에서 구류토록 하지."

"주신의 눈이 닿지 않는 곳은 없다고 들었습니다."

"틀린 말은 아니지. 아들이 없어진 걸 알면 눈에 불을 켜고 찾으려고 들 거야."

하지만 걱정하지 말라는 듯 크루델리스가 한쪽 눈을 찡긋했다.

"아무리 주신이라도 찾을 수 없는 장소가 있다. 오로지 마계의 황제만이 드나들 수 있는 곳."

그가 산뜻하게 웃으며 모두에게 인사했다.

"다녀오지. 태초의 어둠 속으로."

2.

"으아아아! 오늘 무슨 날이냐? 무섭게 왜들 이러는 건데!"

마황이 사라지자 실내를 채우던 한기 역시 거짓말처럼

자취를 감췄다.

마족 형제들 간의 살벌했던 기 싸움도 오금을 저리게 하기에 충분했지만, 당장은 엘레오스의 흔적들이 더 문제였다.

"저, 저거! 바율, 저거 좀 어떻게 해 봐!"

에이단이 한 손으로 눈을 가린 채 남은 손으로 바닥을 가리키며 연신 바율에게 애원했다. 잘린 손발이 왜 제멋대로 움직이는지 구역질이 올라올 것만 같았다.

"저런 건 이 형님에게 맡겨라."

바율을 대신해서 나선 건 일라이였다. 그가 친구를 위해 기꺼이 불꽃을 날렸다. 그리 크지 않은 불덩이였지만, 금제에서 풀려난 덕분인지 녀석의 손짓 한 번에 엘레오스의 토막 난 팔다리가 말끔하게 증발했다.

비릿한 혈향과 바닥을 더럽혔던 핏자국 또한 전부 싹 지워졌다.

"어? 저건 뭐지?"

그런데 지금 보니 엘레오스가 비명에 몸서리를 치던 공간에 웬 팔찌 하나가 떨어져 있었다. 백금으로 된 체인 팔찌였다.

"흐음. 보자."

라예가르가 한마디 하자 팔찌가 허공을 길 삼아 그에게

로 날아왔다. 잠시 그것을 들여다본 그는 마족들을 보며 팔찌를 흔들었다.

"이거 때문이었던 모양이군."

"태고의 신물인가?"

"응, 이 신물이 놈의 정체를 숨겨 줬던 모양이야."

"아, 그래서 바로 지척에 두고도 마족들이 전혀 몰랐던 거군요?"

"그렇지. 자, 받아라."

라예가르가 자연스럽게 팔찌를 바율에게 넘겼다. 그에 녀석이 어리둥절한 얼굴을 하자 그가 덩달아 같은 표정을 지었다.

"태고의 신물을 모으겠다고 하지 않았나?"

"아……."

그제야 그의 뜻을 알아차린 바율은 감사해하며 고개를 숙이고는 팔찌를 받았다.

"오, 그게 태고의 신물이라고? 바율 형, 완전 개이득이네!"

재수 없던 천족 놈이 마족에게 잡혀간 것도 모자라, 태고의 신물까지 남겼다. 이제 막 진실을 알아 가는 단계인 라피트로선 아직 모르는 것투성이지만, 어찌 됐든 신물은 주신을 죽일 수 있는 열쇠라고 하였다. 그러한 것이 공짜로 생겼으니 이 얼마나 기쁜 일인가.

"근데, 저런 걸 몇 개나 더 모아야 하는 거야?"

"글쎄……."

친구들의 시선이 일제히 라예가르에게로 옮겨졌다. 왠지 고룡인 그라면 알 것 같았기 때문이다.

"총 열두 개다."

역시나 예상대로였다. 아들과의 화해로 완벽하게 새로 탈바꿈한 라예가르는 어느 순간부터 장난기를 버리고 아카데미에서의 별명대로 정말 신사처럼 굴고 있었다. 그래서 친구들은 살짝 어색하기도 했다.

"열두 개……."

바율은 나직하게 숫자를 읊조리며 자신이 알고 있는 태고의 신물을 헤아려 보았다.

우선 자신의 목에 걸고 있는 펜던트, 퀸의 대양의 눈, 가국에서 받아온 꺼지지 않는 불, 지금 손에 들고 있는 엘레오스의 팔찌.

거기에 마황이 거래의 대가로 넘기기로 했던 것까지 합치면 총 다섯 개였다. 열두 개의 절반도 안 되는 수다.

"아직 한참 모자라네."

"바율, 여태 모은 게 전부 다섯 개 맞지?"

로건의 물음에 바율이 고개를 끄덕이자 라나사가 설명을

바라는 눈빛으로 친구들을 바라보았다. 그에 로건이 저간의 사정을 모르는 그녀와 동생에게 간략하게 상황을 정리해 털어놓았다.

"그럼 앞으로 일곱 개나 더 찾아야 하는 거야? 어디에 있는지도 모르는 물건을?"

불과 조금 전까지 '개이득'이라며 소리치던 라피트가 대번에 인상을 찌푸렸다.

"아니, 이 넓은 땅덩이에서 그딴 걸 무슨 수로 찾아? 광고라도 내야 하나?"

"주신이 모르게, 최대한 은밀히 찾아야 해. 그가 눈치라도 채면 이번엔 정령계의 멸망으로만 끝나지 않을지도 몰라."

"바율 너…… 주신을 막 '그'라고 부르고…… 좀 많이 달라진 것 같다. 정말로 주신에게 맞설 생각인 거야?"

주신의 비겁함에 대해 낱낱이 알게 되었지만, 그렇다고 해서 그의 존재가 한순간에 두렵지 않게 되는 것은 아니었다.

어쨌든 주신은 이 세계를 창조한 절대자였다. 아무리 마족과 힘을 합친다고 해도 창조주에게 덤빈다는 게 말이 되는 소리인지, 에이단은 여전히 혼란스러웠다. 그리고 그건 친구들이라고 별반 다르지 않았다.

"에이단, 내겐 다른 방도가 없어. 천족들이 정령계를 가만히 두지 않는 이상, 난 싸워야만 해."

"맞아. 정령계엔 바율 네 어머니도 계시잖아."

그 사실이 새삼 떠오른 듯 일라이가 주먹을 꽉 그러쥐었다. 입술까지 깨무는 게, 아무래도 녀석의 머릿속으로 본 적도 없는 친모의 모습이 스쳐 지나가고 있는 것 같았다.

"정령계도 멸망했었는데, 천계라고 멸망하지 말라는 법은 없잖아?"

"그건 나도 동감이야. 심지어 천계는 없어져도 인간계에 하등 영향을 끼칠 게 없지."

퀸은 바율을 지지했다. 그 역시 염려가 되긴 마찬가지였지만, 바율을 향한 눈빛엔 힘을 내라는 응원의 의미가 뚜렷하게 담겨 있었다.

"근데, 난 여기서 의문인 게…… 주신은 왜 그런 걸 만든 걸까?"

라나사였다. 그녀가 아까부터 의혹이 서렸던 부분을 고심 끝에 토해 냈다.

"아무리 봐도 이상하잖아. 자기 자신을 없앨 수 있는 물건을 스스로 만든다는 게."

"주신도 사실 죽고 싶은데, 혼자서는 죽지도 못하는 거 아닐까요?"

"라피트, 넌 무슨 그런 말도 안 되는 소리를 하니?"

"아니, 그렇잖아요. 주신은 자결하고 싶어도 자결할 수 없다. 뭐, 그런 제약에 걸려 있을 수도 있는 거니까."

"…넌 참 사고의 회로가 다방면으로 뚫려 있구나."

그 점은 칭찬해 주겠다는 듯 라나사가 엄지를 세우며 홀로 고개를 주억였다.

"나는…… 어쩌면 말이야."

그때 바율이 조심스럽게 말문을 열었다.

"거기에도 어떤 비밀이 숨어 있는 게 아닐까 싶어."

"비밀?"

"응, 우리가 모르는 진짜 속사정 같은 거."

바율이 내내 골몰한 대가로 얻어 낸 결과는 그거였다.

"라나사의 말처럼 본인이 굳이 그런 걸 만들 까닭이 없잖아. 다들 태고의 신물이 주신의 하사품인 줄로 알고 있지만, 정작 신물이 지닌 진짜 힘은 주신을 죽게 하는 거야. 그래서, 이건 정말 만약의 일인데……."

바율은 마른침을 삼키며 머뭇거리다가 말을 이었다.

"어쩌면 태고의 신물은 애초에 주신이 만든 게 아니지 않을까?"

"뭐어?"

"그걸 주신이 아니면 누가 만들어?"

"그런 엄청난 걸 신이 아니면 대체 누가?"

한 번도 생각해 보지 않은 가정에 친구들은 약속이라도 한 듯 흥분해서 주절주절 말들이 많아졌다.

"그래, 바율 네 말대로 태고의 신물 제작자가 주신이 아니라고 치자. 근데 주신이 만든 것도 아닌데, 그걸로 주신을 죽일 수 있다고? 난 이쪽이 더 말이 안 되는 것 같은데? 그렇지 않은가요, 이사장님?"

에이단은 버릇처럼 라예가르에게 물었다. 그러자 친구들은 물론 데스와 바르, 아몬, 아고스까지 그에게 관심을 보였다.

마족들이 이제껏 조용했던 건 데스의 광폭한 기운이 사그라지길 기다려서였다. 그 와중에 바율의 독특한 발상이 그들의 호기심을 건드렸고.

"아빠, 태고의 신물을 만든 게 정말 주신이 맞아?"

라예가르가 답을 않자 일라이가 몸을 바짝 가까이 대며 채근하듯 물었다. 라예가르는 잠시 뭔가를 고심하다가 이내 그렇다며 긍정했다.

"내가 알기로는."

"…알기로는? 어감이 좀 그런데?"

늘 확신에 차 있던 라예가르답지 않은, 애매한 대답이었다.

"바율의 발상이 생각지도 못한 관점이라."

라예가르가 아들에게서 눈을 떼고 데스를 향해 어깨를 틀었다.

"그쪽은 어떻게 생각하지?"

"…알아볼 필요가 있을 것 같군."

데스 역시 바율의 말에 꽤 놀란 얼굴이었다. 그들로서는 한 번도 의심해 보지 않은 부분을, 이제 막 사실을 안 바율이 짚어 냈다는 게 기묘했다.

"데스! 알아본다니요? 그럼 바율의 말이 사실일 수도 있다, 그겁니까?"

"지금은 몰라."

"하지만 방금……."

"합리적인 의심이잖아. 파서 뭐가 나오면 공유하도록 하지."

"나에게 공유를 한다고?"

데스의 느닷없는 발언에 라예가르의 한쪽 눈썹이 비뚜름하게 올라갔다. 무슨 의도인지 말하라는 의미였다.

"드래곤도 주신과의 전쟁에 협력하는 거 아니었나? 이미 엮일 대로 엮인 것 같은데. 뭐, 아니면 말고."

데스가 히죽 웃더니 일라이를 힐긋거리며 덧붙였다.

"그나저나 카이늄은 아들 때문인가?"

"…그게 나랑 무슨 상관인데?"

일라이가 불쾌해하며 그를 쏘아보자 데스가 어깨를 으쓱이며 라예가르를 가리켰다.

"아무래도 네 양부라는 작자가 카이늄을 얻어서 드래곤을 다 쓸어버릴 예정인 것 같거든."

"그딴 게 왜 필요한데? 그거 없어도 아빠 힘만으로 충분한 거 아니야?"

카이늄이 마계에서 나는 광물이라는 것 자체가 일라이는 마음에 들지 않았다. 어쩐지 불결한 느낌이었다.

"카이늄은 마족의 피를 먹고 자라는 광물입니다. 세상 어느 물질보다 강한 파괴력을 머금고 있죠. 로드께선 보다 안전한 길을 택하시길 원하는 겁니다."

아몬의 설명은 정확했다. 마계에서도 귀한 카이늄을 당연한 듯 내놓으라기에 다들 흥분했었지만, 찬찬히 생각해 보니 라예가르에게도 나름의 이유는 있었다.

"그토록 경시하던 마계의 물건을 사용할 결심까지 하다니, 저 꼬맹이가 소중하긴 엄청 소중한가 보군."

"아빠……."

데스의 비죽거림은 귀에 들어오지도 않았다.

거기까지는 일라이도 차마 염두에 두지 못했다.

그의 양부는 정말로 남은 세월을 그를 위해 모두 쓸 작정인가 보다. 일라이는 그 사실이 고마운 한편, 가슴 아프기도 했다.

"내가 할 수 있는 걸 할 뿐이다."

그러니 너무 마음 쓰지 말라는 듯 라예가르가 미소 짓더니, 돌연 바율에게 말했다.

"태고의 신물이라면 내게도 하나가 있다. 그걸 내어 주지."

"태양의 눈 말고도 하나가 더 있었습니까?"

"그럼 총 여섯 개! 절반이나 모은 셈이야!"

그때 가르디엥이 불쑥 끼어들었다.

"저기…… 저희에게도 하나 있습니다."

친구들이 죄다 '아니, 그걸 왜 이제야 말씀하세요?' 하는 얼굴로 쳐다보자 가르디엥이 마치 죄인이라도 된 듯 고개를 숙이며 중얼거렸다.

"그게, 어쩌다 보니 말할 기회를 놓쳐서……."

"헐! 순식간에 일곱 개가 됐어!"

"대박!"

"이제 다섯 개만 찾으면 되는 거네?"

어느새 분위기는 태고의 신물을 모아 주신에 대항하는 쪽으로 맞춰지고 있었다.

"이사장님! 나머지 물건들 어디에 있는지는 모르세요?"

"데스는요?"

"바율, 넌 뭐 느껴지는 거 없어?"

"아, 그거 찾기 전에 주신이 알게 되면 어쩌지?"

태고의 신물을 일곱 개나 얻었다는 것에 감격하던 친구들은 불현듯 걱정이 들었다.

"태고의 신물은 보는 것만으로는 알 수 없다. 직접 만져보고 감정을 해 봐야만 알 수 있지. 아무리 주신이라도 우리가 모으고 있다는 걸 그리 쉽게 알지는 못할 테니 안심해라."

"휴우! 듣던 중 다행이네요. 근데요, 이사장님."

얘기해 보라는 듯 라예가르가 에이단을 응시한 채 턱을 들었다.

"지금 이런 모습이 원래 성격이세요?"

"…원래 성격?"

"네, 사실 영 적응이 안 돼서요. 오늘처럼 친절하고 다정한 이사장님의 모습을, 저희는 정말 단 한 번도 본 적이 없거든요. 안 그러냐, 얘들아?"

"그랬지. 라이도 이사장님을 만나기만 하면 경기를 일으킬 정도였으니까."

"마치 라이를 괴롭히기 위해 태어나신 분 같았달까?"

친구들의 신랄한 평가에 라예가르는 피식 새어 나오는

웃음을 삼켰다. 반면 일라이는 다급히 변명에 들어갔다.

"야! 그건 일종의 훈련 같은 거였어! 내가 화를 잘 다스릴 수 있도록 인내심을 키워 준 거라고!"

"우리도 듣긴 했지. 그런데 그걸 꼭 그런 방식으로 해야 했을까?"

"더 나은 방법이 있었을 것 같은데. 보기 좀 그랬거든."

"맞아. 솔직히 너무 괴롭히시긴 했잖아."

"아니, 내가 괜찮다는데 왜 너희가 이제 와서 난리야? 전부 다 날 위해서였다니까? 우리 아빠가 얼마나 내 생각을 하는 분이신데! 그것도 모르면서 너희가 진짜 내 친구라고 할 수 있냐? 엉? 그래?"

일라이가 삿대질까지 해 가며 소리치자 친구들은 살짝 어이가 없었다. 본인 앞에서 라예가르의 이름 첫 글자도 꺼내지 못하게 한 게 누구였는지, 녀석은 진정 잊은 걸까?

"라이, 왜 흥분하고 그래?"

"우린 그냥 이사장님이 너무 확 변하신 게 어색해서 그러는 건데."

"너, 인내심 훈련이 된 건 맞냐? 지금 보니까 아닌 것 같은데?"

"뭐, 뭐야? 이것들이 죽고 싶나!"

친구들이 라예가르를 욕한 것도 아닌데, 일라이의 귀에

는 마치 그렇게 들렸는지 한 번만 더 그딴 소리를 지껄이면 절교까지 하겠다며 길길이 날뛰었다.

"그래, 그래."

"우리가 미안하다."

"앞으론 절대 안 그럴게."

끝내 전부 사과를 하고 나서야 녀석에게서 벗어날 수 있었다.

Chapter 6.
다시 찾아온 평화

1.

만월 기사단과 칠흑의 기사단, 그리고 마족들의 기지 덕택에 팔레즈 호텔의 투숙객들은 간밤의 비사에 대해 자세히 알지 못했다.

하지만 정확한 사정을 모르는 것이지, 어떤 사건이 있었다는 사실쯤은 대부분 인지하고 있었다. 창밖으로 빛이 번쩍거리고, 연달아 폭음이 울렸는데도 이상함을 느끼지 못했다면 그게 더 문제였다.

두려움에 떨었던 많은 이들이 날이 밝자마자 호텔의 일층 로비로 몰려들었다. 밤사이 기사단이 돌아다니며 그들을 진정시키긴 했으나, 다들 제대로 된 해명을 듣길 원했다. 그것은 일정 금액을 지불하고 팔레즈 호텔에 묵은 손님으로서 당연히 요구할 수 있는 일이었다.

"밤중에 많이들 놀라셨죠? 본의 아니게 심려를 끼친 것 같아 대단히 죄송합니다."

놀랍게도 고객들을 향해 사과를 건네는 이는 랑트의 영주이자, 팔레즈 호텔의 사장인 바율이었다. 사촌 누나의 결혼식 때문에 해밀턴으로 갔던 건 알고 있었지만, 그런 그가 당최 언제 돌아왔는지 다들 어안이 벙벙한 표정들이었다.

"어제 몬스터의 침공이 있었습니다. 날이 추워지면서 먹을 게 없다 보니 냄새를 맡고 여기까지 찾아온 것 같더군요."

"모, 몬스터요?"

"그럼 지금도 위험한 것 아닙니까? 당장 오늘 밤에도 몬스터가 쳐들어올 수 있다는 뜻이잖아요!"

"아니요, 절대 그럴 일은 없으니 안심하십시오!"

손님들이 동요하자 바율은 서둘러 덧붙였다.

"아시다시피 이 호텔이 완공된 이래로 처음 있었던 일입니다. 몬스터의 기동력을 정확히 파악하지 못해 잠깐의 문제가 있었을 뿐, 당연히 별문제 없이 물리쳤습니다. 호텔 주변에 흙벽을 세운 것은 혹시 몰라 안전장치를 한 것이고요."

"하지만…… 또 그런 일이 발생하지 않는다는 보장은 없는 것 아닌가요?"

"보통의 경우라면 그럴 수도 있겠죠."

바율은 사람들을 돌아보며 자신만만한 어조로 이어 말했다.

"그러나 랑트는 정령들이 지키는 도시입니다. 이미 그들이 일대 전체에 걸쳐서 보수와 재정비를 마친 상태입니다. 외곽 측에도 보다 철저한 단속을 시작했으니, 몬스터들이 호텔 근처까지 다가오진 못할 겁니다. 저와 정령들이 있는 한, 그러한 일은 앞으로 다신 없을 거라 약속드립니다."

바율의 말이 끝나자 기다렸다는 듯 사대 정령이 로비 중앙에 모습을 드러냈다. 바율이 백번 말을 해 봐야 그들을 직접 목도하는 것보단 효과가 떨어질 것이다.

간간이 운이 좋으면 한 번 볼까 말까 했던 사대 정령 모두가 눈앞에 나타나자, 사람들의 머릿속에 어젯밤 일은 거짓말처럼 지워졌다.

허공에 나란히 둥실 뜬 채로 손을 흔들며 인사하는 정령들을 보고 다들 넋을 잃었다. 아름다운 것도 아름다운 거지만, 제각각 특별하면서도 신비한 분위기가 흐르는 게 말 그대로 압도당하는 느낌이었다.

사실 이 모든 게 어제의 일을 조용히 덮고 넘어가려는 일종의 쇼였지만, 거기까지 내다볼 수 있는 손님은 요행히 존재하지 않았다.

"밤사이 고객분들에게 폐를 끼친 것에 대해, 팔레즈 호텔의 주인으로서 작게나마 보상을 해 드릴까 합니다."

랑트는 이제 막 관광 도시로 출범했다. 위험하다는 소문이 나기라도 한다면 수입에 큰 영향을 끼칠 수도 있었다.

이럴 땐 그 소문을 완전히 덮어 버릴 만큼 확실한 선물이 필요하다는 게 바율의 생각이었다.

"우선 앞으로 사흘간 여기 계신 모든 분께 숙박 요금을 받지 않겠습니다."

"…사흘이나요?"

"우리 전부를 말입니까?"

"네. 그리고 이제껏 머무르셨던 비용 역시 일절 청구하지 않도록 하겠습니다."

바율의 말이 도무지 믿기지 않았는지, 사람들은 환호조차 쉽사리 지르지 못했다. 그들은 그저 눈을 휘둥그레 뜨며 서로를 돌아볼 뿐이었다.

"온천 호수 또한 마음껏 이용하셔도 좋습니다. 저를 믿고 랑트를 찾아오신 분들께 드리는 저의 최소한의 성의 표시이니, 부디 남은 시간 동안 즐겁게 지내다 가셨으면 하는 바람입니다."

"우, 우와!"

"대박!"

"란데르트 백작님, 감사합니다!"

그제야 실감이 좀 되었는지, 하나둘 감탄이 새어 나오기 시작했다. 지금껏 묵었던 숙소 값에 앞으로 사흘, 거기에 온천 금액까지 포함한다면 그들에게는 엄청나게 수지맞는 일이었다. 팔레즈 호텔은 완벽한 시설에 걸맞게 이용 대금도 상당했기 때문이다.

간밤에 무서웠던 건 사실이지만, 몬스터의 습격이 제국 내에 아예 없던 경우는 아니다. 한데 육체적으로 아무런 피해도 입지 않은 그들에게 이렇게까지 파격적인 혜택을 제공한다는 건 결코 아무나 할 수 없는 일이었다.

란데르트 공작의 아들이자 제국의 유일한 정령사인 바율이, 그야말로 다시 보이는 순간이었다.

"마지막으로 하나 더, 오늘 하루 호텔의 모든 식음료와 먹거리가 무료이니 가감 없이 누려 주십시오."

"허얼!"

"완전 미쳤다, 미쳤어!"

"우리 횡재한 건가?"

"악, 나 여기 오길 너무 잘한 것 같아!"

호텔을 처음 개장한 날보다 더 폭발적인 반응이었다. 공짜 앞에는 장사 없다더니, 곳곳에서 환성이 터졌다. 이 정도 보상이면 뭐 나쁘지 않네, 하고 중얼거리던 귀족들의 입도 아주 귀에 걸렸다.

그들이 집으로 돌아가면 간밤의 일이 아니라, 지금 느끼는 감정에 대해 훨씬 많은 이야기를 할 거라는 데 바율은 전 재산을 걸 수도 있었다.

"바율, 너무 퍼 주는 거 아니냐?"

에이단은 상인의 아들이었다. 이윤 없이는 절대 움직이지 않는다는 집안의 자식답게 못마땅한 표정이었다.

"적당히 해도 될 텐데 말이야. 손해가 대체 얼마야? 계산은 해 봤어?"

"아니, 그걸 뭐 하러."

일 층 로비가 내려다보이는 계단을 이용해 집무실로 올라가던 바율은 잠시 걸음을 멈추고 시선을 아래로 향했다. 그곳엔 아직도 기쁨에 빠져 있는 투숙객들이 저마다 환하게 웃고 있었다.

"나한테 이건 투자야. 훗날을 위한 투자."

"투자?"

"응, 아버지가 전에 그러셨어. 위기는 때론 기회가 될 수도 있다고. 당시엔 그 말씀의 뜻을 잘 이해하지 못했는데, 이젠 알 것 같아."

바율은 에이단을 돌아보며 씩 미소 지었다.

"그때가 되면 네게 알려 줄게. 내가 오늘 일로 얼마나 큰 이득을 얻었는지."

그 순간 왜 그랬을까.

에이단은 이상하게 바율에게서 눈을 뗄 수가 없었다. 맨날 보는 얼굴이 분명한데, 어딘지 달라 보였다.

빛이 나는 건 둘째 치고, 단단하면서도 고고한 무언가가 느껴진다고 해야 할까.

여전히 마른 몸에 순한 인상이었지만, 어째선지 함부로 다가갈 수 없는 거리감 같은 게 생겨났다. 아카데미 입학 첫날에 보았던 여린 모습은 이제 어디에도 없었다.

2.

바율의 환상적인 대처로 랑트엔 활기가 넘쳐 났다. 그가 날씨에 굳이 손을 대지 않았음에도 맑은 날씨가 연이어 이어졌다. 거기에 정령들의 활약 또한 눈이 부실 지경이었다.

이노센트는 심심하던 차에 잘 됐다며 하루에 한 번 물 쇼를 선보였다. 해가 지기 직전, 온천 호수를 넘나들며 물방울로 아름다운 형상을 만들어 내는 이노센트의 쇼는 이제 거의 랑트의 명물로 자리 잡았다.

뿐인가.

한겨울 어디를 가도 색색의 꽃들과 싱싱한 초록빛이 만개하였다. 앙상하게 마른 나뭇가지만 보다가 싱그러운 꽃잎들을 마주하는 기분이란 이루 말할 수가 없었다.

셰임은 호텔 로비에 나타났던 이후로 모습을 드러내진 않았지만, 그에 대한 찬양은 여기저기서 쉽게 들려왔다.

그에 질세라 템페스타는 랑트를 열심히 쏘다니며 사람들에게 장난을 쳐 댔다. 때론 짓궂게 굴 때도 있긴 해도 대부분 가벼운 수준이라서 누구든 녀석을 만나길 고대했다.

스피넬은 평소 그녀답지 않게 종종 분화구에 등장해 트래킹 하는 사람들의 체온을 높여 주는가 하면, 내킬 때마다 용암을 이용해서 석상 주변에 작은 뭔가를 만들어 놓았다.

그것은 사람의 형태일 때도 있었고, 짐승, 몬스터 혹은 아기자기한 가구나 그릇 등의 모양을 띨 때도 있었다.

그 덕에 세계에서 유일하게 휴화산이 아닌데도 안전하게 관광할 수 있는 화산이란 수식어가 생겨나면서, 트래킹 코스가 때아닌 성수기를 맞이했다.

엘레오스가 예상하지도 못한 큰 사고를 터뜨리긴 했으나, 성공적으로 방어해 냈다. 그리고 랑트에는 다시 평화가 찾아왔다.

물론 아직 주신과의 전쟁이라는 거대한 숙제가 남아 있긴 했지만, 그건 차분히 준비하면 될 일이라고 바율은 스스로를 다독였다.

"도련님, 이것도 드셔 보세요!"

사건이 있던 날로부터 나흘이 지났다. 오늘 내로 아버지께서 도착하신다는 소식이 있었고, 바율은 아버지를 뵙고 나면 특무 대신으로서 곧 아리아나로 떠나야 했다.

그래선지 어제부터 리타가 온갖 진귀한 요리를 바율 앞에 가져다 바치고 있었다. 라예가르의 마법으로 기억을 완벽하게 삭제당한 리타는 여전히 기운이 넘쳐났고, 한결같이 바율밖에 몰랐다.

"아리아나는 여기와 달리 엄청 덥다면서요! 제가 서남부는 한 번도 가 본 적이 없어서 잘 모르지만, 더울수록 몸보신을 잘해야 하거든요. 이거, 오늘 전부 남김없이 드세요!"

리타의 뜨거운 눈빛은 대단한 결의에 차 있었다. 같이 가겠다고 떼쓰는 걸 며칠에 걸쳐서 겨우 떼어 놓았을 때, 바율은 어쩔 수 없이 한 가지 약속을 하고 말았다.

"대신 제가 해 드리는 음식은 뭐든 다 드셔야 해요. 그 조건이면 더 이상 조르지 않을게요."

바율도 리타에게 시달리느라 나름 피곤한 상태였기에 고개를 끄덕일 수밖에 없었고, 그 결과가 작금의 사태였다.

"…응, 리타. 고마워."

아침에 먹은 게 여태 소화도 되지 않았지만, 바율은 스푼을 들어 국물을 억지로 한 입 떠먹었다.

"맛있다. 잘 먹을게."

그래도 거짓말은 아니었다. 뭘 넣고 끓였는지 몰라도, 뽀얀 국물 맛이 정말 일품이었다.

"헤헤, 그럼 저는 다시 주방에 다녀올게요!"

바율의 칭찬에 리타가 세상을 다 가진 듯한 미소를 짓더니 호텔 주방을 향해 총총거리며 뛰어갔다. 그 뒤를 어미를 쫓는 새끼 오리처럼 바르와 아몬, 아고스가 줄지어 따라갔다.

"리타는 정말 바율 너밖에 모르는구나."

"내 말이. 나도 저런 동생 하나 있었으면 좋겠다 싶을 정도로."

"라이, 너는 동생이 아니라 나중에 성룡 돼서 자식 하나 낳으면 되잖아. 그럼 내가 아버지 친구니까, 삼촌뻘이 되려나?"

"그때까지 네가 살 수 있다면 말이지."

갑자기 툭 끼어드는 퀸의 말에 에이단의 미간이 우그러졌다.

"야, 퀸! 그냥 말이 그렇다는 거지, 넌 무슨 그런 식으로 초를 치냐! 그래, 너 좋겠다. 넌 인어족이라서 인간보다 오래 사니까 아주 좋겠어!"

"나 역시 그때까진 살지 못해."

물을 한 모금 들이켜며 퀸은 아무렇지도 않게 받아쳤다.

"인어족을 포함한 수인족의 수명은 보통 이백 년 정도가 평균이야. 라이가 성룡이 되려면 앞으로 삼백 년은 더 지나야 하는데, 내가 살아 있을 리가 없지."

퀸만이 아니었다. 바율도, 에이단도, 로건도, 라나사도 전부 인간이었다. 드래곤인 일라이는 당연하고, 퀸보다도 먼저 죽을 것이다.

왁자지껄하던 식사 자리가 순식간에 무겁게 가라앉았다. 개중 가장 안색이 어두워진 건 일라이였다.

성룡이 되면 그의 곁에 라예가르는 없다.

하지만 그 전에 먼저 친구들이 떠날 것이다.

새삼 그 사실을 자각하자 입맛이 싹 사라졌다.

"내가 예언 하나 할까?"

그때 조용히 식사 중이던 라예가르가 아들을 위해 한마디 던졌다.

"전에 내가 그랬지? 죽을 때가 다가오면 중요한 것들이 보인다고."

"…이번에는 뭔데요?"

"너희 여섯. 너희는 아주 오래도록 함께할 거다."

오래도록 함께한다고?

그렇게만 된다면 그들 역시 기쁠 것이다. 하지만 친구들은 라예가르의 말이 정확히 무슨 뜻인지 바로 이해하기 어려웠다.

"이사장님, 그게 무슨 말씀이세요?"

"혹시 저희 수명이 늘어난다는 뜻인가요?"

"얼마나요?"

"아빠, 설마…… 애들이 나처럼 오래 살 거라는 얘기야?"

"그만. 더 이상은 곤란해."

라예가르는 단호한 말투로 확실한 거부 의사를 비쳤다.

"아니, 말씀을 하시다가 마는 게 어디 있어요! 이왕 얘길 꺼내신 거면 끝까지 알려 주셔야죠!"

"내가 꼭 그럴 필요는 없지 않나?"

"와! 그새 다시 치사해지셨네. 슬슬 예전 성격 나오시나 봅니다!"

"야, 에이단. 너 내가 말조심하랬지?"

일라이도 궁금하긴 마찬가지였다. 그러나 아버지를 향한 에이단의 발언은 그냥 넘길 수 없었다. 가뜩이나 같이 보낼 시간이 얼마 남지 않은 그들 부자가 아니던가. 이제 더는 싸우지도, 나쁜 말을 하지도, 이상한 소리를 듣게 하지도 않게 할 것이다.

"주의해라. 엉?"

그런 친구의 속내를 모르지 않기에 에이단은 바로 입을 틀어막았다. 물론 궁금증을 해소하지 못한 것에 대한 불만이 표정에는 다 드러나 있었다.

그런데 반박은 의외로 딴 데서 나왔다.

"저는 왜 빠졌습니까?"

라피트였다. 형들이 무슨 대화를 하건 시종일관 먹기 바쁘던 그가 돌연 포크를 내려놓으며 항의했다.

"저까지, 아니 여기 제 동생 세드릭까지 합치면 여섯이 아니라 여덟 명인데요?"

무릎 위에 냅킨을 가지런히 펼친 채 얌전히 식사 중이던 세드릭도 동작을 멈추고 라예가르를 바라보았다. 그런 녀석의 동공은 크게 흔들리고 있었다.

어린 그에게도 자신을 쏙 빼고 형들끼리만 오래 살 거란 말이 꽤 충격이었던 모양이다.

"그 물음에도 내가 굳이 답할 필요는 없는 것 같은데."

라예가르는 눈썹을 한 번 위로 까딱이고는 다시금 식사에 집중했다. 리타의 음식 맛이 꽤 흡족한지 중간중간 혼자

고개를 몇 번 끄덕거리기도 했다.

그걸 본 바율과 친구들은 더 이상 그에게서 아무 말도 들을 수 없다는 걸 본능적으로 깨달았다. 어쩌면 나머지는 그들 스스로가 알아내야 할 숙제였다.

"저도 꼭 란데르트 공작 전하처럼 마에스터의 경지에 올라서 오래 살 거거든요!"

문제는 라피트와 세드릭이었다. 라피트는 뭔가 억울하다는 듯 고기를 질겅질겅 씹으며 외쳤고, 세드릭은 울상이 돼서는 가만히 앉아만 있었다.

"세드릭."

라나사는 그런 사촌 동생을 두고 볼 수 없어서 다정한 목소리로 녀석을 위로했다.

"수명이 길다는 건, 그러니까 인간이 오래 산다는 건 꼭 그렇게 좋은 것만은 아니야."

"…왜요?"

"가족이…… 그리고 친구들이 떠나가는 과정을 지켜봐야 할 테니까. 모두를 보내고 혼자 남으면 많이 슬프겠지?"

"그럼 로건 형님이랑 라나사 누님은 어떡해요? 누님이 슬퍼해도 그때 저는 없잖아요. 달래 드릴 수가 없다고요."

대견하게도 세드릭은 이 상황에 자신이 아닌, 남겨질 로건이랑 라나사부터 걱정했다. 도저히 미워할 수 없는 아이였다.

"그건…… 어쩔 수 없겠지. 모든 일엔 대가가 따르는 법이니까."

어떻게, 어떤 방식으로 그들이 긴 시간 함께하게 될지는 모르겠지만, 라나사는 분명 그에 대한 대가를 치러야 할 것임을 예감했다.

지옥 같던 그녀의 삶이 한순간에 뒤바뀌며 많은 것들이 달라졌다.

평생에 한 번 마주칠까 싶었던 존재들과 웃고 떠들며 식사를 하는, 지금과 같은 상황. 라나사는 자신에게 이런 날이 올 거라고는 전혀 예상조차 하지 못했다.

'아마 그러면서부터 이미 미래가 결정된 것일지도 모르지.'

자신이 장차 무엇을 어떻게 하게 될지는 몰라도, 친구들과 함께라면 왠지 나쁘지만은 않을 것 같았다.

"그래도 오래 살면 아는 것도 그만큼 많아질 거니까, 훨씬 똑똑하고 현명한 사람이 되는 거겠죠?"

"글쎄…… 그건 장담하지 못하겠구나."

라나사는 대답하면서 자기도 모르게 데스를 힐끔 쳐다보았다. 그는 그들이 무슨 얘기를 나누건 열심히 먹는 데만 몰두하고 있었다. 세세한 나이는 묻지 않았지만, 데스가 최소 수천 년을 살아온 것만은 확실했다. 그의 다른 형제들과 마황 또한 그럴 것이다.

리타의 음식에 현혹되어, 인간의 하인을 자청한 채 살아가는 마족들. 그들은 리타가 죽으라고 하면 정말 죽는시늉까지 하고도 남을 자들이었다.

결코 현명하다고 말하기는 어렵다는 뜻이다.

엘레오스는 어떤가.

마황에게 잡혀간 그는 멍청함과 오만함으로 똘똘 뭉쳐 있었다.

솔직히 라나사가 보기에 세월에 지혜를 빗대었을 때 그나마 수긍이 가는 이는 라예가르 정도였다.

"저는 알 것 같아요. 라나사 누님이라면 분명 세상에서 제일 멋지고 훌륭한 기사님으로 불릴 거예요."

세드릭은 마치 꼭 그렇게 되어야만 한다는 듯 두 눈을 부릅뜨며 주먹을 그러쥐었다.

"그래, 세드릭. 고마워."

라나사가 할 수 있는 거라곤 그런 사촌 동생의 머리를 쓰다듬는 일뿐이었다.

"응? 밖이 갑자기 왜 이렇게 소란스럽지?"

이런저런 이야길 나누며 식사가 거의 끝나 갈 무렵이었다. 돌연 건물 안까지 소음이 들려올 정도로 밖의 분위기가 시끌벅적해졌다.

"템페스타가 또 무슨 짓 벌인 거 아니야?"

근래 녀석과 연관된 소문을 시간 단위로 접했기에 친구들은 이번에도 그런 줄 알았다. 그러나 완전히 잘못 짚었다.

바율이 반가운 얼굴로 일어섰다.

"아버지께서 오셨어."

"란데르트 공작 전하께서?"

"응, 생각보다 일찍 도착하셨네. 얼른 내려가 봐야겠다."

바율이 움직이자 친구들도 서둘러 따라나섰다. 과연 녀석의 말처럼 공작이 만월 기사단을 이끌고 중앙 대로를 행진하여 오고 있었다. 그 뒤로 칠흑의 기사단의 깃발도 보였다.

"란데르트 공작 전하시다!"

"만월 기사단까지 있어!"

제국, 나아가 대륙 어디를 가도 환영받는 존재가 있다면 바로 란데르트 공작과 그가 이끄는 만월 기사단일 것이다. 시민들과 관광객들은 며칠 만에 다시 랑트로 돌아온 그들을 향해 환호성을 지르며 열렬히 반겼다.

"공작 전하께서 오셨으니, 우린 이제 더욱 안전하겠지?"

"당연하지! 설령 드래곤이 쳐들어온다 해도 끄떡없을 거야!"

제국의 살아 있는 전설이란 별호는 괜히 생긴 게 아니었다. 등장만으로도 사람들에게 안심을 심어 주는 아버지의 위력을 바율은 다시 한번 실감했다.

저들은 아마 죽는 날까지 모를 터였다. 실제로 드래곤이 쳐들어왔었고, 자신들이 전부 물리쳤다는 사실을.

피식 웃음이 새어 나오려는 것을 참으며 바율은 아버지를 향해 크게 두 손을 흔들었다. 어찌 되었든 아버지의 귀환은 그에게도 기쁘고 즐거운 일이었다.

조카의 결혼식에 참석한 하객들을 상대하느라 란데르트 공작은 오랜만에 정신적으로 상당히 피로한 상태였다. 하나 그 고단함은 저를 보고 손을 흔드는 아들을 마주한 순간 씻은 듯이 사라졌다.

그 귀한 아들을 또다시 먼 땅, 아리아나로 곧 보내야 한다는 게 언짢긴 하지만, 대륙의 유일한 정령사이자 특무 대신인 녀석에겐 나라를 위해 일해야 할 책임이 있었다.

이제 고작 열일곱 살인 바율에게 너무 무거운 짐을 지워 준 것은 아닐까.

아들의 능력을 누구보다 잘 알고 인정하면서도, 공작도 어쩔 수 없는 아비인지라 매번 같은 염려가 그의 머릿속을

맴돌았다.

그러나 그 마음을 차마 바율 앞에서 드러낼 수는 없기에 그 또한 환하게 미소 지으며 아들을 향해 빠르게 내달렸다.

"고, 공작 전하께서 웃으셨어!"

"세상에나……!"

곳곳에서 가슴을 부여잡으며 쓰러지는 여인들이 속출했다. 그러거나 말거나 공작의 시선은 오로지 바율에게 고정되어 있었다.

3.

바율은 아버지와 함께 집무실로 바로 올라갔다. 그리고 며칠 사이에 있었던 일들에 관해 차분히 전부 보고했다.

"…천족이 네 친구의 몸에 빙의해 있었다고? 그게 정녕 사실이냐?"

가르디엥의 말을 듣고 급히 해밀턴을 떠나기 전에, 아버지께만 먼저 자리를 비우는 이유에 대해 대충 설명해 드렸었다. 그때까지만 해도 바율도, 란데르트 공작도 그저 '설마' 하고 생각만 했던 일이 실제로 벌어진 것이다.

"짐작하기로, 일부러 리타를 납치해서 마족들을 자극한

것 같아요. 마족이 리타를 찾기 위해 힘을 드러내면 드래곤이 움직일 테고, 두 종족 간에 싸움이 벌어질 거라 예측했겠죠."

"그 틈에 도련님을 해칠 계략이었던 것이군요!"

경악하며 듣던 사다드가 격분해서는 외쳤다. 이언이라고 다르지 않았다.

"역시 저도 그날 따라갔었어야 했습니다."

바율이 어디 한 군데 다치지도 않고, 천족까지 무사히 잘 잡았음에도 이언의 안색은 점점 더 딱딱하게 굳어졌다.

급하게 서두르느라 그에게까진 미처 말할 틈도 없었지만, 사실 그럴 기회가 됐다고 해도 바율은 이언에게 잠시 쉴 수 있는 시간을 마련해 주고 싶었다.

그래서 아버지에게만 얘기하고 가르디엥과 둘이서 랑트로 온 것인데, 이언은 자신이 수행 기사로서의 자질이 부족했다며 때아닌 자책을 하고 있었다.

"일단 제가 양측 기사단의 입은 막아 놓았습니다. 그러니 소문날 걱정은 하지 않으셔도 될 겁니다."

아이작은 본의 아니게 요 며칠 랑트에서 가장 바쁜 나날을 보냈다. 두 기사단을 대표해서 이리 뛰고 저리 뛰며 총괄 관리를 해야 했기 때문이다.

"선배가 고생이 많았네요. 아시겠지만, 일부러 말씀드리지 않은 것은 아닙니다."

사다드는 행여 아이작이 오해라도 할까 싶어 미리 말했다.

사실 아이작이 표현은 하지 않지만, 사다드는 그가 드래곤과 마족들의 존재에 상당한 불편함을 느끼고 있다는 걸 눈치챌 수 있었다.

"하오면 공작 전하, 세이모어 백작님께도 이제 알려야 하지 않겠습니까?"

그동안은 굳이 밝힐 필요성을 느끼지 못해 그들만의 비밀로 남겨 두고 있었다. 하지만 사건은 터졌고, 밑의 수하들도 아는 것을 단장인 백작이 모른다는 건 말이 안 되었다.

"지금쯤 이미 듣고 계실 겁니다."

"벌써 말이냐?"

"네, 아버지. 로건과 라나사가 있잖아요. 녀석들에게 백작님께서 많이 놀라시지 않도록 잘 설명해 달라고 부탁했습니다."

"…한참 들볶이겠군."

그런 중요한 걸 아이들에게 듣게 했다면서 불평을 해 댈 그랜트의 모습이 눈에 선했다.

"그나저나 주신과의 전쟁이라니……."

물론 가장 중대한 사안은 이것이었다. 정령계의 복원을 원치 않는 천족과 그를 묵과하는 주신. 그리고 그런 주신을 죽일 수 있다는 열두 개의 태고의 신물.

'이베트……'

바율에게서 제 어미를 만난 이야기를 들은 날부터 지금까지 란데르트 공작은 매 순간 아내와의 재회를 기대하며 그날이 오기만을 간절히 바랐다.

그런데 그것을 방해하는 무리가 나타났다.

'주신이라.'

차갑게 가라앉은 란데르트 공작의 얼굴 어디에도 두려운 기색은 찾아볼 수 없었다. 오히려 분노가 더해진 투기가 차오르고 있었다.

모두가 힘을 합친다면 세상에 이루지 못할 바가 없다는 게 그의 신조였고, 아내와 아들을 지켜 내기 위해서라면 죽음도 두렵지 않았다.

또한 이제껏 상대가 먼저 걸어오는 싸움에서 공작은 단 한 번도 져 본 역사가 없었다. 필시 이번에도 그럴 것이라 그는 자신했다.

Chapter 7.
세계수의 등장

1.

어제를 기점으로, 릴리스의 결혼식에 초대되었던 수많은 하객이 랑트로 몰려들고 있었다. 그들 대부분은 애초부터 해밀턴을 방문한 김에 랑트까지 구경하고 갈 심산이었다.

랑트를 처음 찾았던 관광객들과 마찬가지로 그들 역시 기대보다 훨씬 멋진 도시의 모습에 약속이라도 한 듯 입을 다물지 못했다.

소문을 듣고 추상적으로나마 상상은 해 봤었지만, 그래도 이 정도로 훌륭하고 아름다울 거라고는 아무도 예상하지 못했다.

결혼식 손님들은 열에 아홉이 도당의 핵심 귀족들이었다. 그들의 영향력을 결코 무시할 수 없는지라 바율은 특별히 며칠 전부터 손수 나서 작은 차질조차 없도록 완벽하게 준비를 해 두었다.

날씨마저 그들을 환영하고 있으니, 드래곤의 침공 같은 큰 변수가 없는 이상 랑트의 관광 도시로의 신고식은 성공이라 할 수 있었다.

"아버지, 접니다."

아침 일찍부터 정령들과 도시 구석구석을 살피고 돌아오니 벌써 정오가 훌쩍 넘었다. 아버지가 찾는다는 소식에 바율은 팔레즈 호텔로 들어서자마자 바로 공작이 머무는 거처의 문을 두드렸다.

"들어오거라."

"…너희도 여기 있었어?"

가벼운 마음으로 들어서던 바율은 의외의 인물들을 보고 잠시 멈칫했다. 아닌 게 아니라 에이단과 일라이, 로건과 라나사, 그리고 퀸까지 전부 와 있었다.

그뿐 아니었다. 에이단과 퀸을 제외한 녀석들의 보호자, 그러니까 라예가르와 세이모어 백작, 아이작 또한 한 자리씩 차지 중이었다.

만월 기사단인 이언과 사다드, 헤이즈. 거기에 데스와 바율의 보좌관인 맥도 함께였다.

마치 심각한 중대 발표를 앞두고 모두를 모이게 한 것 같은 모양새였다.

"와서 어서 앉거라."

의아해하는 아들에게 란데르트 공작이 비어 있던 자신의 옆을 가리켰다. 바율은 머뭇거리긴 했지만, 일단 아버지의 말씀을 따라 착석했다. 친구들의 표정으로 보건대 녀석들도 아직 이유를 모르는 눈치였다.

"내가 오늘 너희 여섯을 부른 까닭은, 바율의 원정 때문이다. 이사장이 나에게 뜻밖의 제안을 하더구나."

"…뜻밖의 제안이요?"

"아빠, 무슨 제안?"

아들인 일라이도 처음 듣는 말인지 어리둥절한 얼굴이었다. 그 와중에도 왜 제게는 미리 말하지 않은 거냐는 듯 입술을 삐죽이면서.

"너희를 같이 보냈으면 좋겠다는 뜻을 내게 전했다."

"아리아나로 말입니까?"

"이 녀석들 전부를요?"

세이모어 백작과 아이작이 동시에 금안을 치켜뜨며 되물었다. 그중 아이작은 대번에 손을 저으며 거절했다.

"안 됩니다! 아리아나는 너무 멉니다! 한 달, 어쩌면 그 이상을 떨어져 지내야 할 텐데, 전 절대 허락할 수 없습니다!"

어떻게 얻은 딸인데, 녀석을 그 먼 곳까지 보낸단 말인가. 아이작은 안 될 소리라며 단호하게 못을 박았다.

"아버지, 우선 공작 전하의 말씀을 마저 듣고⋯⋯."

"공작 전하께서 어떤 말씀을 하시든, 날 널 보내지 않을 거다. 설사 네가 가고 싶다고 해도, 난 승낙할 수 없다. 거긴 멀기도 멀지만, 너무 위험해!"

아이작이 무슨 심정으로 이리 나오는지는 라나사도 충분히 이해했다. 하지만 이건 란데르트 공작이 아니라 라예가르의 생각이었다.

"너희 여섯. 너희는 아주 오래도록 함께할 거다."

분명 그가 했던 말과 어떤 연관이 있을 터. 라나사는 아이작을 진정시키기 위해 부드러운 어조로 덧붙였다.

"결정은 이야길 다 듣고 나서 하셔도 되잖아요. 공작 전하와 이사장님 두 분 모두 허투루 말씀하실 분들이 아니에요. 저희를 위험하게 하시지도 않을 거고요."

"네가 뭐라 해도 내 생각은 무조건 변하지 않는다! 설사 공작 전하께서 내게 명령하신다고 해도 나는 절대⋯⋯!"

"아빠."

"…아, 아빠?"

열변을 토하던 아이작은 순간 자신의 귀를 의심했다.

라나사는 줄곧 그를 아버지라 칭했고, 그 호칭조차도 건너뛰기가 일쑤였다. 그럴 때마다 내심 섭섭하긴 했지만, 아직은 쑥스럽고 익숙하지 않아서 시간이 필요한 거라고 여겼었다.

그런데 아버지도 아니고, 아빠라니…….

같은 뜻을 담은 언어이긴 하나, 그 어감의 차이는 엄연히 달랐다. 라나사의 그 한마디에 아이작은 무어라 표현할 수 없는 감동에 젖었다. 몸 어딘가에서 시작된 찌르르한 울림이 도무지 멈추질 않았다.

"말씀 끊어서 죄송했습니다, 공작 전하."

라나사는 벙어리가 된 아버지를 대신해서 공작에게 사과했다.

"아니다. 저 녀석 반응이 저런 건 당연하지."

멍한 얼굴로 감격 중인 아이작을 보며 란데르트 공작은 빙긋 웃었다.

"형님, 계속 말씀해 보십시오. 녀석들이 그곳까지 같이 가야 하는 이유가 무엇입니까?"

"그건 내가 답하지."

들려오는 목소리에 세이모어 백작은 애써 긴장을 감추며 라예가르를 바라보았다. 상대가 드래곤, 그것도 로드라는 사실을 이제 막 알았다. 첫인상부터 어딘가 남다르다고 생각을 하긴 했지만, 그의 정체는 그야말로 충격 그 자체였다.

"간단해. 그래야만 하니까."

"……?"

"인간계의 미래가 녀석들에게 달려 있다고 말하면, 믿을 수 있겠나?"

천족과 주신이 얽힌 이야기를 앞서 로건에게 전해 들었다. 하지만 드래곤의 입을 통해서일까. 어쩐지 한층 더 무겁게 다가왔다.

"…왜 하필 이 아이들입니까?"

"글쎄……."

라예가르는 아들과 친구들을 둘러보며 고개를 모로 기울었다.

"나도 그것까지는 알 수가 없어서."

당당히 모른다고 밝히는 라예가르. 세이모어 백작은 모순적이게도 그런 그의 모습에 더욱 신뢰가 갔다. 물론 그렇다고 장남인 로건에, 조카인 라나사까지 아리아나로 보내는 것이 염려되지 않는 건 아니었다.

"로건."

"네, 아버지."

"아리아나는 만만치 않은 곳이다. 거기가 예전부터 어떤 땅이었는지는 너도 잘 알 거다. 그래도 가겠느냐?"

"원래부터 가려고 했습니다."

"…뭐?"

타들어 가는 아비의 속도 모르고, 로건은 너무나 심상하게 대꾸했다.

"저뿐 아닙니다. 라나사를 제외한 저희 다섯은 이미 가국에도 함께 다녀왔습니다. 이번에도, 그리고 앞으로도 바율이 어디를 가든 같이하기로 사전에 얘기를 끝냈습니다."

어차피 그들은 라예가르의 제안이 아니더라도 그러기 위해서 랑트에서 바율을 기다린 것이었다.

"아무리 바율과 가깝다고 하나, 로건 너는 세이모어가의 장남이다! 그러한 결정을 아비의 허락도 없이 홀로 내렸다는 것이냐?"

기가 막힌다는 듯 세이모어 백작이 낯을 찌푸렸다.

"저…… 참고로 말씀드리면, 저는 진즉에 할아버님께 바율과의 동행을 허락받고 왔다는 점 알아주세요."

에이단은 현재 보호자가 없는 입장이었다. 녀석이 행여 자신에게도 불똥이 떨어질까 싶었는지 잽싸게 끼어들었다가 쏙 빠졌다.

그러나 그런 에이단도 한 가지 간과한 것이 있었다. 바율의 목적지를 레오네트 백작은 아직 모른다는 점이었다.

"에이단 도련님께서 아리아나로 떠나셨다는 걸 전해 들으시면 아마 레오네트 백작님께서 크게 진노하실 겁니다. 각오는 하고 계십시오."

사다드의 조언에 에이단은 '에이, 그럴 리가요' 하는 표정을 지었지만, 왠지 불길한 예감을 떨칠 수 없었다. 당장 아카데미를 그만두라고 노성을 터뜨리는 할아버지의 모습이 돌연 눈앞에 그려졌다.

"그런데 아리아나가 어떤 지역이기에 그리들 걱정하시는 겁니까? 거기보다 자연재해가 더 심각한 곳이 많다고 알고 있는데요."

이미 타국까지 다녀온 마당에, 정작 자국의 지역 중 하나일 뿐인데 왜들 이렇게 야단인지 일라이는 다소 이해가 안 갔다.

"무법 지대. 야만의 도시. 무뢰배의 땅."

이제껏 고요히 앉아만 있던 퀸이 나직하게 읊었다.

"인간들은 그곳을 그렇게도 부르더군. 책에서 읽었어."

인어족인 네가 그걸 어떻게 아느냐는 듯한 눈빛으로 친구들이 쳐다보자, 퀸이 태연하게 대답했다.

"과연 인어국의 왕자 전하다우십니다."

사다드가 이어서 마저 설명했다.

"대륙의 서남부에 위치한 아리아나는 여기 북부만큼이나 척박한 땅이었습니다. 아니…… 땅입니다, 라는 표현이 더 맞겠군요. 여전히 사람이 살기에는 그리 적합하지 않은 곳이지요. 날씨는 덥고 습한 데다가 농사지을 땅은 부족하고, 화산마저 언제 분출할지 모르는 위험 지대이니까요."

"그런 것치고는 도시가 너무 번성한 것 같은데요?"

"바로 그 점이 델러바인 백작가의 수완이 돋보이는 대목이지요."

사다드가 좋은 지적이라며 손가락을 튕겼다.

"본래 아리아나는 제국에서도 거의 버려 두다시피 했던 땅입니다. 그곳을 현재 델러바인 백작의 조부 되시는 분께서 황실에 헐값을 지불하고 사들이셨죠. 당시 헥터 공작가에서 힘을 실어 줬다고 합니다. 아리아나가 번성한 지금에야 헐값으로 치부되지만, 그때만 해도 땅의 쓸모에 비하면 엄청난 거금이었기에 황실에서도 반기는 분위기였다고 하더군요."

사다드는 자신이 그때 존재했다면 절대 그렇게 두게 놔두지는 않았을 거라며 잠깐 툴툴거렸다.

"어쨌든, 아리아나의 신입 영주로 부임한 델러바인 백작은 대대적으로 공문을 내걸었습니다. 어떤 범죄라도 다 용서하겠다. 즉, 완벽한 면책권을 제시한 거죠."

"…면책권이라고요?"

이쯤 하니 바율은 대충 알 것 같았다.

죄를 지었으면 죗값을 치르는 것은 마땅한 이치였다. 하지만 누군가 그에 대한 면책권을 준다면, 죄를 지은 범죄자들이 벌떼처럼 몰려들 것은 너무나 자명한 일이었다. 그들도 마음 편하게 살고 싶은 마음은 똑같을 테니 말이다.

"그래서 야만의 도시라고 불리는 거군요. 범죄자들의 소굴이란 의미로."

"맞습니다. 소문은 알음알음 퍼져서 사람이 거의 살지 않던 아리아나의 인구가 기하급수적으로 늘었지요. 델러바인 백작은 약속대로 모두에게 면책권을 내리면서 한 가지 조건을 제시하였습니다."

작금의 아리아나는 광산으로 막대한 부를 축적한 도시였다. 생명이 살아가기엔 어려움이 있는 땅이었지만, 그 대신 어마어마한 광물이 묻혀 있었다. 그리고 그것은 곧 돈이 되었다.

범죄자들은 죄를 면피하는 대가로 고된 노동이라 할 수

있는 광부가 되어야 했다. 하지만 더 이상 숨고 도망치지 않아도 되는 삶에, 두둑한 인건비까지 지급되었기에 마다하는 이는 별로 없었다.

그러나 인성이 하루아침에 변하는 것은 아니라서 아리아나엔 크고 작은 사건이 끊이지 않고 벌어졌다.

멜러바인 백작은 많은 사병을 거느리고 있긴 했으나, 굳이 나서서 사태를 정리하지 않았다. 광산 업무에 지장만 없다면 영지민들이 세력 다툼을 하든, 서열 싸움을 하든 관망하는 태도로 일조했다.

그는 벌어들인 수익의 일부를 황실과 헥터 공작에게 정기적으로 바침으로써 면책권에 대해 항의하는 귀족들의 입을 잘 막아 냈다.

황실과 헥터 공작은 멜러바인 백작이 매년 내는 세금의 액수를 거론하며 나라에 큰 공을 세우고 있다고 치하했고, 타락한 무뢰배들을 교화시키는 데 성공했다며 치켜세워 주었다.

그것이 바로 오늘날의 아리아나였다. 아마 현재도 많은 범죄자가 그곳으로 향하고 있을 터였다.

"물론 그들의 공치사는 표면적인 것에 불과합니다. 정녕 교화된 자가 있다면, 그곳이 무법 지대라고 불릴 리는 없을 테니까요."

"…음, 무슨 뜻인지 알겠습니다. 걱정하시는 이유도 잘 알겠고요."

바율은 새롭게 안 사실에 고개를 끄덕이며 세이모어 백작과 아이작을 향해 말했다.

"상식이 통하지 않는 그런 곳에서 저희가 곤욕을 당할까 염려하시는 마음도 충분히 이해합니다. 하지만 혹여 그들과 다툼이 생긴다면, 두 분께선 저희가 아니라 상대를 염려하셔야 할 겁니다. 저희가 나이는 어려도 약하지 않다는 거, 이제 아시잖아요."

"약해? 누가? 바율, 네가?"

갑자기 들리는 불청객의 음성에 모두의 고개가 돌아갔다. 그곳엔 언제 돌아왔는지 크루델리스가 히죽 웃으며 벽에 기대 서 있었다.

"마음만 먹으면 아리아나쯤은 통째로 날려 버릴 수도 있다는 걸 이들은 모르는 건가?"

그렇게 말하는 마황의 손에 전에는 본 적 없는 물건이 들려 있었다.

"그건……!"

바율의 시선이 마황의 손에 들린 '그것'에 고정되었다.

"이거?"

마황은 놀란 녀석의 표정을 매우 만족스럽게 쳐다보며

천천히 다가왔다. 그러면서 조금은 장난스럽게 '그것'을 허공에 대고 빙빙 돌렸다.

"마계에 간 김에 겸사겸사 가져왔지. 거래의 완성이라고 나 할까?"

탁!

크루델리스가 손동작을 멈추고 '그것'을 바닥에 소리 나게 세웠다.

길이가 한 1미터 정도 될까. 색은 거의 검정에 가까운 어두운 밤색을 띠고 있었다. 손잡이 부분이 둥글게 휘어진, 그저 나무를 대충 깎아서 만든 듯한 '그것'은 주변에서 흔히 볼 수 있는 지팡이였다.

하지만 그냥 평범한 물건이었다면 굳이 마황이 가져왔을 까닭이 없었다.

"자."

마황이 받으라는 듯 지팡이를 쓱 내밀었다. 바율은 얼떨결에 앉은 채로 그것을 건네받았다. 생각보다 묵직한 무게감이 느껴졌다.

"따로 설명 안 해도 뭔지 알지?"

"…태고의 신물인가요?"

라나사가 묻자 마황이 오만한 미소를 지으며 고개를 끄덕였다.

"명칭은 근원의 지팡이. 이 세계 최초의 나무로 만들어
진 신물이지."

"근원의 지팡이……."

바율은 마황의 말을 무심결에 따라 하며 손으로 지팡이
를 조심스레 어루만졌다. 딱딱하고 단단했다. 그러나 나
무의 매끄러운 결이 어째선지 기분 좋은 느낌을 전해 주었
다.

꼭 셰임 같네.

자기도 모르게 떠오른 생각에 바율이 웃음 지으려는 찰
나.

"어엇!"

"바, 바율!"

별안간 지팡이에서 가지가 뻗어 나왔다. 그것은 순식간
에 몸통을 부풀리며 자라 천장을 뚫고 높이 치솟았다. 밑으
로는 마치 뿌리가 내리듯 가지가 여러 가닥으로 나뉘어 바
닥에 깊게 박혀 들어갔다.

"야, 너 또! 얼른 지팡이에서 손 떼!"

일전에 선실 안이 불길에 휩싸였을 때가 떠오르자 친구
들이 사색이 돼서는 외쳤다. 그 소리에 바율은 정신을 번쩍
차리며 손에서 지팡이를 놓았다.

무시무시한 속도로 점점 커져 가던 나무가 동시에 성장

을 뚝 멈췄다.

하지만 그뿐. 화마가 사그라졌던 것과는 달리, 사라지지 않고 그 상태 그대로 자리를 지켰다.

"뭐, 뭡니까, 이게?"

아리아나에 대해 한창 설명 중이던 사다드는 놀란 가슴을 쓸어내렸다. 그도 태고의 신물에 관해 전해 들은 바는 있었지만, 설마 이런 기괴한 상황이 벌어질 거라고는 상상도 하지 못했다.

여기가 호텔의 꼭대기 층이 아니었다면 어쩔 뻔했단 말인가.

지팡이를 재빨리 내려놓지 않았다면 갑자기 생겨난 이 나무가 옥상을 넘어 어디까지 자랐을지, 어처구니없게도 궁금증이 돋았다.

아니, 그 전에 아래층은 무사한 건가?

상대적으로 약하긴 하나, 하부에도 뿌리가 넓게 포진되었다. 놀람이 가시자 이걸 당최 어떻게 수습해야 할지, 사다드는 일순 머리가 띵했다.

"앞으로 랑트가 더욱 번성하겠군."

그때 라예가르가 뚱딴지같은 말을 내뱉었다.

"그게…… 무슨 말씀입니까?"

그는 흐뭇한 눈빛으로 나무를 바라보고 있었다.

"이 세계 최초의 나무, 그러니까 근원수가 이곳에 다시 뿌리를 내렸다. 근원수의 또 다른 말은 생명수. 생명의 원천이 시작되었다는 의미지. 훗날엔 랑트가 대륙의 중심이 될 것이다."

"근원수…… 생명수…… 혹시, 이게 책에서나 보던 그 유명한 세계수인 겁니까?"

"인간들은 그렇게도 부르더군."

근원수, 생명수, 세계수.

이름은 다르지만 다 같은 걸 일컫는 말이었다.

"세계수가 랑트, 그것도 호텔의 한복판에 생기다니…… 말도 안 돼!"

"세상에 무슨 이런 일이……!"

바율과 친구들은 물론, 란데르트 공작을 포함한 어른들 역시 모두 아연해서 한동안 말을 잇지 못했다.

어디에 있는지 명확한 위치가 알려진 적은 없지만, 세계수에 대한 글은 이미 많은 책에 쓰여 있었다.

뿐인가. 아카데미 역사 수업 시간에도 배우고, 구전을 통해 듣기도 했다.

세계수는 모든 생명의 씨앗이 생겨난 곳.

아무리 이성적으로 생각을 하고 또 해 봐도, 그런 세계수가 그들 눈앞에 떡 자리하고 있다는 것이 믿기지 않았다.

"그 지팡이는 근원수의 가지를 잘라 만든 거라더군."

라예가르가 바율의 발밑에 아무렇게나 떨어져 있는 지팡이를 가리키며 덧붙였다.

어쩐지 형태가 조금 우습게 되었다. 누운 지팡이 옆으로, 가지가 연결된 채 당당하게 뻗어 있는 생명수.

기분 탓일까.

실내 공기가 훨씬 맑고 깨끗해진 느낌이었다.

"그래서 이름이 근원의 지팡이가 된 것이로군요."

평범해 보이는 겉모습의 이면에는 엄청난 힘이 담겨 있었다. 바율은 고개를 젖히고 세계수의 몸통 부분을 유심히 살폈다. 그러다 보니 자연스레 천장 위의 모습도 궁금해지기 시작했다.

"우리 한번 올라가서 구경해 볼까?"

바율의 제안에 친구들이 기다렸다는 듯 우르르 일어섰다.

"아버지, 저희 나갔다 올게요!"

바율은 열에 들뜬 얼굴로 서둘러 밖으로 뛰쳐나갔다. 이럴 때 보면 영락없이 호기심 많고 해맑은 또래의 소년이었다.

"공작 전하, 저는 잠시 밑에 좀 다녀오겠습니다."

반면 사다드는 조금 전부터 신경 쓰이는 점을 확인하러

급히 아래층으로 내려갔다. 세계수도 세계수지만, 이 뿌리가 대체 어디까지 뻗쳤을지 그는 그게 더욱 걱정이었다.

그리고 잠시 후 사다드는 말문이 막히고 말았다. 그도 그럴 것이, 뿌리는 진즉에 호텔의 전 층을 지나 확인할 수조차 없는 땅 밑까지 깊숙이 박혀 있었다.

호텔이 다시 소란스러워진 건 두말할 필요도 없었다. 층마다 투숙객들이 무슨 일인가 싶어 벌써들 기웃거리고 있었다.

그나마 다행인 것은, 뿌리가 거쳐 간 모든 호텔 방의 물건과 사람들이 무사하다는 점이었다. 꼭 피해를 주지 않고자 일부러 그러기라도 한 것처럼.

실내 공간이 다소 줄기는 했지만, 세계수의 뿌리는 그 자체로 하나의 장식물 같아 보이기도 했다.

"우, 우와!"

"대박이네……."

팔레즈 호텔의 옥상은 아래와는 천지 차이였다. 나무 둘레는 이제껏 본 어떤 나무보다 굵었고, 푸른 잎사귀와 형형색색의 꽃잎들은 고결하면서도 신비한 분위기를 자아냈다.

게다가 특이하게도 나무 전체에서 은은한 빛이 새어 나오고 있었다. 낮이라서 그 빛의 세기가 어느 정도인지 정확히 가늠하기는 어려웠지만, 그래도 밤이 되면 호텔을 밝히는 등불이 되고도 남음이 틀림없었다.

"이제 사람들이 온천이 아니라 세계수를 보러 랑트에 오겠는걸."

"아무래도 숙소를 좀 더 늘려야겠군."

"바율."

"응......"

"도대체 넌 이런 놀라운 걸 얼마나 더 보여 줄 생각인 거냐?"

"...어?"

에이단의 갑작스러운 물음에 바율은 비로소 생명수에서 눈길을 거두고 친구를 돌아보았다.

"너랑 친구하고 나서 계속 엄청난 경험을 하고 있잖아. 앞으로는 예고라도 해 주든가. 지금도 심장이 이렇게나 빨리 뛰고 있다고."

에이단은 들어 보라는 듯 제 가슴을 주먹으로 두드렸다.

"야, 바율이 알고 그랬냐? 예고는 무슨."

허공까지 날아올라 세계수를 감상하던 일라이가 사뿐하게 착지하며 핀잔을 놓았다.

"얘 표정을 봐라. 우리 중에서 제일 놀라고 있다. 어찌 됐든, 바율은 좋겠네. 이 세상에서 최고로 기쁘겠어."

"그건 아닌 것 같은데."

"뭐?"

"저기."

라나사가 보라는 듯 턱으로 세계수 근처를 가리켰다.

"…셰임?"

그곳엔 언제 왔는지 셰임이 눈을 감은 채 두 팔을 벌려 세계수를 꼭 끌어안고 있었다. 마치 오래전 헤어졌던 단짝 친구를 만나기라도 한 것처럼 반가운 기색이었다. 살짝 올라간 입매는 셰임이 지금 얼마나 행복한지를 대신 말해 주는 것 같았다.

2.

팔레즈 호텔의 일 층 로비에 공문이 붙었다.

난데없는 세계수의 등장.

사람들은 웅성거렸다. 다들 흥분해서는 앞으로 이로 인해 어떤 변화의 바람이 불어 닥칠지 각자 일행과 떠들기에 여념이 없었다.

직접 눈으로 확인하고자 구경꾼들이 옥상으로 몰려드는 통에 안전을 위한 요원이 옥상 입구와 세계수 주변에 다수 배치되었다.

이 나무가 정말 세계수가 맞느냐는 질문도 끊임없이 들어왔다. 아마도 근 시일 내에 세계수의 진짜 여부를 판별하기 위한 많은 학자들의 방문이 이어질 터.

다시 한번 제국, 나아가 대륙의 전 이목이 랑트의 주인인 바율에게로 향할 것은 자명했다.

"오늘은 특별히 도련님이 좋아하시는 요리들로 구성했어요. 내일 떠나시면 한동안 제 요리를 드시지 못할 테니까 꼭 다 드셔야 해요."

바율의 원정 출발을 하루 앞두고 만찬이 펼쳐졌다. 호텔 주방장의 다양한 음식 사이사이에 리타가 본인의 요리를 열심히 채워 넣었다.

그런데 그 움직임이 어쩐지 평소와 매우 달랐다.

"리타?"

"네?"

리타를 부른 건 일라이였다. 그가 고개를 갸웃하며 그녀에게 물었다.

"지금 뭐 하는 거야?"

"뭐가요?"

"거기 음식들 말이야."

"음식들이 왜요?"

설마 제 요리가 입에 안 맞으세요? 그럴 리가 없을 텐데.

리타가 길게 말하진 않았지만, 좁아진 미간 하며 주름진 이마가 내심 심각해졌다. 그 탓에 맛있게 식사 중이던 시선들이 자연스럽게 둘을 향해 쏠렸다.

"내가 착각하는 건가?"

"착각이요?"

"응. 아무리 생각해도 음식이 묘하게 저 마…… 아니, 데스 앞에 집중되는 것 같거든."

이제 보니 일라이는 다분히 불쾌한 기색이었다. 어째서 이러한 상황이 벌어지는 것인지 제대로 설명 좀 해 보라는 양 리타를 닦달하는 투였다.

"그러고 보니 정말이네. 원래라면 저 요리들 전부 바율 앞에 있어야 하는 거 아닌가?"

새로운 사실에 그제야 눈을 뜬 에이단이 기이해하며 눈을 깜박였다. 여전히 바율 근처에 있는 요리 가짓수가 더 많긴 하지만, 평상시와 달리 데스 몫의 지분율도 상당히 높았다.

"그래요?"

리타는 제가 한 요리들을 살피며 안경을 고쳐 잡았다. 다음 순간 그런 그녀에게서 모두를 기함하게 하고도 충분할 말이 튀어나왔다.

"근데, 그게 왜요? 그럼 안 돼요?"

"…뭐?"

"데스 씨도 도련님 따라서 아리아나로 가잖아요. 좋아하는 음식 많이 먹고 가면 좋죠."

그러고는 아무 일도 없었던 것처럼 빈 접시를 들고 주방으로 총총히 걸어갔다.

"방금…… 뭐냐?"

"리타가…… 미친 건가?"

"우리가 잘못 들은 거지? 그치?"

그만 좀 처먹으라고 잔소리를 늘어놔도 모자랄 판에 이게 어찌 된 일이란 말인가.

"이제는 데스가 먹는 게 아깝지가 않은가 봐. 헐!"

자신이 추측하고도 소름이 돋는다는 듯 에이단이 바르르 몸을 떨었다. 그러거나 말거나 데스는 늘 그렇듯 부지런히 먹어 댔다. 그런 그의 입가엔 좀체 어울리지 않는 희미한 미소가 걸려 있었다.

"라나사, 꼭 가야겠느냐?"

리타의 달라진 모습에 다들 아연할 때 거기엔 관심조차 없는 일인이 있었으니, 바로 아이작이었다. 그는 여전히 20년 만에 찾은 딸을 먼 아리아나로 보내는 것이 탐탁지 않았다.

"여보, 이미 결정 난 일이잖아요."

그러니 그만하라는 듯 클로에가 눈치를 주었지만, 평소 아내 말이라면 껌벅 죽던 아이작도 이번만큼은 쉽게 포기하지 못했다.

"클로에, 무려 한 달을 떨어져 지내야 해. 어쩌면 더 길어질 수도 있고. 그뿐인가? 돌아오면 곧바로 개강일 텐데, 대체 나는 내 딸과 언제 시간을 보내라는 거야?"

아이작의 입에서 더 이상 위험하다느니 하는 말은 나오지 않았다. 아직 완전히 신뢰할 순 없지만, 마황과 데스가 함께 가기로 했고, 무엇보다 정령사인 바율의 실력을 믿게 되었다. 순식간에 세계수를 만들어 내던 그 모습은 아이작에게도 대단히 인상 깊었다.

그들과 같이 있는 한 라나사의 안전은 보장된 것이나 마찬가지였다. 다만 문제는 그가 딸과 오래도록 떨어져 지내야 한다는 점, 그거였다.

"아빠."

"…왜."

라나사의 '아빠' 공격에 아이작은 또다시 심장이 쿵 내려앉았지만, 전처럼 말문을 잃지는 않았다.

"저도 많이 아쉬워요. 엄마랑 아빠랑 셋이 오붓하게 많은 시간을 보내고 싶었거든요."

"라나사, 우리도 그래. 나와 클로에도 너와……."

"근데, 그렇게 있어 보니 솔직히 조금 불편하더라고요."

"뭐? 부, 불편해?"

"라나……."

아이작과 클로에의 얼굴이 동시에 당혹감으로 물들었다. 딸의 성격을 모르는 바 아니었지만, 이렇듯 대놓고 불편하다는 말을 들으니 가슴이 철렁했다.

"그게 말이다, 라나사. 아무래도 우리가 그간 함께한 시간이 부족하기도 했고…… 어색함이 사라지려면 더욱 노력을 해 보는 게…… 원래 가족이라는 건……."

"아니, 그런 게 불편하다는 게 아니라요."

횡설수설하는 아이작을 뚫어지게 바라보던 라나사가 이내 한숨을 푹 내쉬었다.

"제가 좀 방해꾼이 된 것 같았다는 뜻이었어요."

"방해꾼?"

"네. 두 분은 지금 신혼이시잖아요."

"…그렇지."

그건 맞는 얘기였기에 아이작은 얼결에 고개를 끄덕였다.

"근데 저 때문에 마음껏 애정 표현도 못 하시고, 좀 힘드셨죠?"

"누가? 이 녀석이?"

조카의 말에 귀를 기울이고 있던 세이모어 백작이 저도 모르게 끼어들었다. 옆에서 세드릭의 음식을 챙겨 주던 아네트도 기가 찼는지 '허!' 하고 웃었다.

"아, 물론 다른 분들이 보시기엔 아닐 수도 있을 거예요. 하지만 집에선 그보다 더하다는 걸 이 기회에 말씀드리고 싶군요. 현재 무척이나 많이 참고 계신 거예요."

아버지를 대변하는 라나사의 변명에 함께 식사 중이던 이언과 사다드, 헤이즈가 어이없는 표정을 지었다. 지금까지 그들이 본 것만으로도 충분히 경악할 지경인데, 그보다 더하다니.

평소 기사단에서 하는 행동거지를 보면 전혀 상상조차 할 수 없었다. 이건 그야말로 이중인격자의 표본이라 할 만했다.

"오해하실까 봐 덧붙이자면 전 그런 두 분의 모습이 참 보기 좋아요. 엄마가 그렇게 행복하게 웃을 수도 있다는 걸 처음 알았거든요."

지난날, 라나사가 알던 나약하고 불행해 보이던 엄마의 모습은 이제 찾으려야 찾을 수도 없었다. 늘 그늘로 얼룩져 있던 자리에 빛이 들어서자, 자신의 엄마가 얼마나 아름다운 여인이었는지 라나사는 새삼 깨달을 수 있었다.

"낳아 줘서 고마워, 엄마."

"……!"

갑작스러운 딸의 고백에 클로에의 눈동자에 잔물결이 일었다.

"생각해 보니 여태 이 말을 한 적이 없더라고. 맨날 날왜 낳은 거냐며 원망만 했었잖아."

어디 원망뿐인가. 온갖 독설도 서슴없이 해 댔다.

"엄마가 그간 많이 속상했을 것 같아. 딸이라는 게 속을후벼 파는 말만 내뱉었으니."

"라나, 엄마는 다 잊었어. 그러니 죄책감 같은 거라면 조금도 갖지 마. 그게 오히려 더 엄마를 걱정시키는 거야. 알겠니?"

라나사는 스스로를 책망하고 있지만, 클로에에게 그녀는누구보다 속 깊은 딸이었다. 행여 행복하지 못했던 과거 때문에 라나사의 삶이 힘들어질까 봐 클로에는 더럭 겁이 났다.

"그럼 내 소원 하나 들어줄래?"

"…소원?"

라나사의 눈빛이 반짝거렸다.

"응, 원하는 게 생겼거든."

"뭐든! 뭐든지 말하거라. 내가 다 해 줄 테니!"

딸의 첫 요구였다. 의아함도 잠시, 아이작은 의욕에 불타올랐다. 그는 어떤 부탁이라도 이뤄 줄 각오가 되어 있었다.

"동생이요."

"…뭐?"

"식구 셋은 좀 단출하잖아요. 동생이 생기면 복작복작하고 좋지 않겠어요? 이왕이면 세드릭처럼 착하고 귀여운 녀석으로."

"라나사 누님, 그럼 저한테도 사촌 동생이 생기는 거예요?"

작은 입으로 오물오물 고기를 씹고 있던 세드릭이 눈을 동그랗게 뜨며 물었다. 생각만으로도 신이 나는지 녀석의 작은 어깨가 들썩거렸다.

"당연하지. 세드릭이라면 사촌 동생을 틀림없이 예뻐해 줄 거야. 그치?"

"네! 숙부님, 숙모님! 얼른 사촌 동생 만들어 주십시오!"

"푸흡!"

세드릭의 씩씩한 외침에 라피트는 결국 참고 있던 웃음을 터뜨리고 말았다. 기실 녀석은 라나사에게서 '동생'이란 말이 튀어나왔을 때부터 웃지 않기 위해 갖은 애를 쓰던 중이었다.

라나사가 한번 입을 열 때마다 장르가 확확 바뀌는 통에 나름대로 보는 재미가 있었다. 거기에 세드릭이 크게 한 방 없은 것이다.

라피트의 웃음을 시작으로 여기저기서 비슷한 소리가 새어 나왔다. 덕분에 클로에의 얼굴은 홍당무가 되었고, 아이작 역시 귀가 조금 붉어졌다.

"아무래도 그러려면 제가 아리아나로 가야겠죠, 아빠?"

아이작은 대답하지 않았지만, 라나사는 허락의 의미로 받아들였다.

자신이 떠나는 걸 서운해하는 아버지의 심정도 십분 이해했다. 그녀 또한 아쉬움이 전혀 없는 것은 아니니까.

하지만 오롯이 두 분이 신혼 생활을 즐기셨으면 하는 바람도 진심이었다. 그게 지나간 세월에 대한 충분한 보상은 되지 않을지라도, 조금은 위로가 될 수 있기를 바랐다.

"역시 라나사 양은 만월 기사단에 들어와야 할 것 같습니다."

"…갑자기 결론이 왜 그쪽으로 나는 겐가?"

동생의 얼빠진 모습에 키득대던 세이모어 백작이 사다드를 향해 불퉁한 눈길을 던졌다.

"분위기를 장악하는 능력 좀 보십시오. 아무리 하나뿐인 딸이라도, 아이작 선배를 저렇게까지 당황시키기란 절대 쉽지 않은 일이죠. 아니 그렇습니까, 공작 전하?"

"인재는 인재지."

공작이 긍정하자 이언과 헤이즈도 같은 생각이라는 듯 고개를 주억였다.

세이모어 백작의 눈매가 대번에 사나워졌다.

"라나사는 제 조카입니다. 전에도 제가 경고 드렸을 텐데요."

"아이작은 라나사의 아버지라네."

"그거야 저 녀석은 사정이 있었던 거 아닙니까."

"그랜트, 자네는 조카의 꿈을 망가뜨릴 셈인가?"

"예?"

"라나사의 꿈이 만월 기사단이 되는 거랍니다."

헤이즈가 눈썹을 휘게 웃으며 대신 설명했다. 그에 관해 금시초문이었던 백작의 몸이 휙 틀어졌다.

"라나사, 정말이냐?"

"네."

조금도 망설이지 않고 답하는 조카의 태도에 백작은 마음이 상했지만, 아직 녀석이 모르는 게 있었다.

"만월 기사단에 들어가려면 가장 중요한 전제 조건이 필요하단다. 그 조건에 부합하지 못하면 절대 입단할 수 없지."

"그게 뭔데요?"

말해도 되냐는 듯 세이모어 백작이 란데르트 공작을 힐 끗 돌아봤다. 덕분에 공작은 피식 웃고 말았다.

"자네는 하나만 알고 둘은 모르는군."

"가끔 푼수기를 보여 주실 때가 있죠."

"뭐야? 푼수기?"

"사다드 경이 맞는 소리 하시는데, 당신은 뭘 그렇게 정색해요?"

아네트가 인상 펴라는 듯 미간을 톡톡 두드리곤 말을 이었다.

"공작 전하께서 조카의 꿈을 망가뜨릴 셈이냐고 물으셨잖아요. 그게 무슨 말씀이시겠어요. 이미 라나사는 그 전제 조건을 충족시켰다는 뜻이지."

"명쾌한 해석이십니다!"

사다드가 존경한다는 듯 아네트를 향해 두 손을 높이 들고 짝짝 마주쳤다.

"아……."

세이모어 백작은 탄식했다. 동생에 이어 조카딸까지 뺏길 거란 생각에 급급한 나머지, 미처 거기까지는 짐작도 하지 못했다. 별안간 짜증이 솟구쳤다.

"형님, 달의 일족이니 뭐니 그거 희귀하다고 하지 않으셨습니까?"

"희귀하지."

"근데 제 주변에는 왜 이렇게 많습니까? 혹시 저한테 사기 치시는 건 아니시겠죠?"

"사기는 내 취향이 아니고, 자네 주변에 달의 일족이 많은 건 자네가 나와 친해서겠지."

침착한 란데르트 공작의 대꾸에 백작은 어째선지 더 약이 올랐다. 아이작은 어쩔 수 없었다지만, 미래가 창창한 라나사까지 만월 기사단에 보낼 걸 생각하니 아까워 죽겠다.

"말씀 중에 죄송하지만, 달의 일족이 뭔가요?"

라나사는 처음 듣는 이야기였다. 정황상 만월 기사단에 입단하려면 전제 조건이 있는데, 그게 달의 일족이라는 것과 관계가 있는 모양이었다.

여태 살면서 들어 보지 못한 단어였기에 라나사는 현재 도움이 필요했다.

"그건 내가 설명할게."

로건은 미리 말해 주지 못해 미안하다는 말을 서두로, 달의 일족에 관해 라나사에게 털어놓았다. 전혀 알지 못했던 사실에 라나사는 놀라는 한편, 자신이 달의 일족이란 것에 깊이 안도했다. 하마터면 만월 기사단에 아예 입단조차 하지 못할 뻔하지 않았는가.

"그럼 나도 달빛의 정기를 받으면서 수련하면 더 효과적이겠네?"

백부인 세이모어 백작이 옆에서 어떤 심경인지 전혀 알지 못한 채, 라나사는 실력을 향상할 방법을 찾아낸 것에 대해 기쁨을 표현했다.

"잘됐다, 라나사."

"그러게 말이야."

그간 은연중에 라나사의 조건을 염려하던 친구들도 덩달아 기꺼워하며 축하해 주었다.

한 녀석만 빼고.

"댁은 또 왜 그래?"

데스를 대하는 리타의 달라진 태도에 불쾌와 유감을 드러냈던 일라이가 이번에는 마황을 노려보았다. 기실 녀석은 연달아 일어나는 해괴한 현상에 차마 라나사를 축하해 줄 정신도 없었다.

"내가 뭐?"

"왜 자꾸 먹을 걸 바율의 접시에 올려 주는 건데? 당신도 미쳤어?"

마황이 바율에게 평소에도 호의적이긴 했으나, 음식을 나누어 준다는 건 상상도 못 할 일이었다. 그런데 아까부터 '이것도 먹어라, 저것도 먹어라' 하며 바율을 챙기고 있으니 기가 찰 수밖에.

"보니까 저 인간이 그러더라고."

마황이 아이작을 지목했다.

"인간들은 이러면 좋아하는 거 같던데, 맞지?"

"…네, 뭐."

바율은 은근 부담스럽긴 했지만, 별말 않고 내버려 두던 차였다.

"내가 바율한테 잘 보이려고 태고의 신물도 갖고 왔잖아."

"진작 가지고 오셨으면 더 좋았을지도요."

"하하, 나도 그걸 후회 중이라니까."

크루델리스는 어색하게 웃으며 재차 음식을 날랐다.

"먹어, 먹어."

그래야 자신에 대한 고마움도 커질 테고, 다프네에 관한 얘기를 한마디라도 더 들을 수 있을 것이다. 바율과 친구들은 몰랐지만, 마황은 지금 그 어느 때보다 필사적이었다.

"자, 바율 도련님께서 내일이면 떠나십니다. 무탈하게 돌아오실 그 날을 위해 다 같이 건배 한번 할까요?"

사다드의 건배 제안에 다양한 술과 음료가 허공에서 부딪쳤다.

고작 며칠 사이에 참으로 많은 일이 있었다.

앞으로 또 어떤 미래가 자신을 기다리고 있을까.

바율은 친구들과 떠들면서도 문득문득 상념에 젖었지만, 그때마다 애써 털어 내며 현재를 즐기고자 했다.

아버지의 말씀처럼 모두가 함께한다면 어떤 어려움이든 극복할 수 있다고 믿었다.

"마지막 특급 요리입니다!"

리타의 화려한 기술이 들어간 고기 요리가 저녁 식사의 방점을 찍었다. 오랜만에 밤늦게까지 어른, 아이 할 것 없이 신나게 보낸 하루였다.

그리고 다음 날 오전, 바율은 아버지의 배웅을 받으며 드디어 원정을 떠났다.

Chapter 8.
이상한 마을

1.

"괜찮으세요?"

라나사는 주저앉아 속을 게우고 있는 칼라에게로 다가가 조심스럽게 등을 두드렸다. 잉그리드를 처음 타던 자신의 옛 모습이 떠올라 도저히 가만히 있을 수가 없었다.

"차차 익숙해지실 거예요."

뒤집힌 위장 때문에 정신이 없는지, 칼라는 라나사의 위로에도 연신 웩웩거릴 뿐이었다.

"그냥 기차를 탈걸 그랬나."

멀리 떨어진 곳에서 그걸 지켜보던 바율은 미안한 마음에 머리를 긁적거렸다. 그러자 잉그리드의 깃털을 열심히 쓰다듬고 있던 에이단이 찌릿 눈을 흘겼다.

"그 얘기는, 저게 지금 우리 잉그리드 탓이라는 거냐?"

"미우?"

자신의 이름이 거론되자 잉그리드가 고개를 모로 젖혔다. 열두 명이나 되는 인원을 실어 나르느라 녀석의 몸체는 다시금 커진 상태였다.

"에이단, 너는 그걸 또 왜 그렇게 예민하게 반응하냐? 바율은 칼라 경이 저러고 있으니까 안쓰러워서 그러는 거지."

"그래, 너. 성질 좀 죽여라. 우리 바율이 뭘 잘못했다고 그래?"

일라이의 타박에 뭐라 반박하려던 에이단은 순간적으로 말문이 막혔다. 마황의 단어 선택이 너무나 요상했기 때문이다.

"뭐? 우리 바율?"

일라이의 얼굴이 대번에 일그러졌다. 퀸 역시 낯빛이 굳었다.

둘의 표정을 해석해 보자면, '당신이 뭔데 감히 우리 바율이라는 거야?' 하는 것 같달까?

그러잖아도 태초의 어둠인지 어딘지를 다녀와서는 바율의 뒤꽁무니만 졸졸 따라다니는 게 신경에 거슬리던 참이었다. 그놈의 카이늄만 아니면 당장 쫓아낼 수 있었는데. 그 점이 일라이는 몹시 아쉬웠다.

마족들이 조약을 어긴 것을 눈감아 주는 대가로 라예가르는 카이늄을 요구했고, 마황은 어이없어하던 처음과 달리 '뭐, 그쯤이야' 하면서 의외로 선뜻 내놓았다.

그리고 둘은 두 종족 간에 맺은 조약서를 약간 손보기도 했다.

앞으로 또 천족이 언제 어느 틈에 등장해 뒤통수를 칠지 모르니, 천족 한정으로 마기를 사용하는 걸 허용한다는 조항을 덧붙인 것이다.

라예가르는 어차피 이제 막 나가기로 했고, 마계는 바율의 편에 서기로 결정했기에 가능한 수정이었다.

"당장 놈들이 내 눈앞에 왕창 나타나 줬으면 좋겠군."

변경된 조약에 매우 흡족해하던 데스의 눈에선 붉은 광채가 번뜩였었다. 아직 엘레오스에게 분이 덜 풀린 것인지, 그도 아니면 마황이 직접 제 손으로 죽였다던 아버지에 대한 복수심 때문인지 정확히 알 수는 없었다.

한 가지 확실한 건, 훗날 많은 천족이 그의 손에 숨이 끊어지리란 사실이었다.

참고로 엘레오스의 수하에게 빙의 당했던 에피는 다행히 금방 건강을 회복했다. 문제는 싱클레어였는데, 좀처럼 열이 내려가지 않아 걱정하게 했던 녀석이 오늘 새벽에야 드디어 정신을 차렸다.

녀석의 처리에 대해 고민하는 바율에게 라예가르는 자신이 알아서 할 테니 잘 다녀오라는 말로 그를 안심시켰다. 바율의 짐작이지만, 아마도 리타에게 그랬듯이 기억을 조작하는 방법으로 해결을 할 것 같았다.

어떤 기억을 덜어 내고, 어떤 기억을 심어 줄까.

아카데미에서 다시 만날 싱클레어는 과연 어떻게 변해 있을지 바율은 내심 궁금하기도 했다.

"크흠, 아무래도 오늘은 이동을 멈추고 이곳에서 하룻밤 묵어 가는 게 어떨까 싶습니다."

칼라는 장기간의 비행 멀미로 여전히 맥을 못 추고 있었다. 눈치 없는 마황이 또 이상한 말로 여러 사람 복장을 긁기 전에 맥 보좌관이 서둘러 의견을 냈다.

"날도 점점 어두워져 가고 있으니 그 편이 좋을 것 같긴 합니다. 도련님 생각은 어떠십니까?"

이언이 맥의 말에 동의하며 바율의 의중을 물었다. 본디 예정대로라면 한참을 더 가서 쉬어야 했지만, 칼라가 하도 애원하는 바람에 급한 대로 비상 착륙을 할 수밖에 없었다.

타고나길 예민한 건지, 비행하는 내내 얼굴이 하얗게 질려 있던 칼라는 결국 땅을 딛자마자 구역질을 시작했다. 그나마 내리기 전까지 참은 게 용할 지경이었다.

"저러다 사람 잡을 것 같긴 합니다."

가르디엥이 딱하다는 듯 머리를 절레절레 저었다.

그는 잉그리드를 보고도 크게 놀라는 기색이 없더니, 멀미는커녕 하늘을 나는 데 두려워하지도 않았다. 그에 바율과 친구들이 대단하다는 듯 쳐다보자 정화의 숲 지킴이는 아무나 될 수 없는 거라며 어깨를 으쓱였다.

정화의 숲 지킴이가 정확히 무얼 하는지는 모르겠지만, 그가 강심장인 것만은 분명했다.

가르디엥은 본디 바율의 소식을 엘프족에게 알리기 위해 돌아가야 했으나, 이대로 헤어지긴 아쉽다는 이유로 이번 원정까지만 동행하기로 했다.

그래서 바율과 친구들, 마황과 데스, 수행 기사인 이언과 보좌관 맥, 안내인 자격으로 아리아나 출신인 칼라까지 총 열두 명의 일행이 탄생했다. 정령까지 더하면 열여섯이니 꽤 많은 인원이라 할 수 있었다.

물론 다른 대신들의 행차에 비하면 말도 안 될 정도로 턱없이 단출한 집합체였지만, 바율은 만족했다. 란데르트 공작을 닮아 번거로운 것을 싫어하기도 하거니와, 이 편이 일하기에는 훨씬 적합하기 때문이다.

지금만 해도 수행원이 이보다 많았다면 이런 돌발 사태에 꽤 골치 아팠을 터.

바율은 결국 내일 아침 일찍 다시 출발하기로 마음먹었다.

"네, 그렇게 하죠."

바율의 허락이 떨어지자 맥과 이언은 즉시 숙소를 알아보기 위해 이동했다. 다행히 그들이 착륙한 곳은 작은 마을의 외곽이었다. 아리아나 쪽을 향해 직선으로 쭉 날기만 해서 자세한 지명까지는 모르겠지만, 위에서 봤을 땐 꽤 번성한 곳인 것 같았다.

"잉그리드, 이리 들어와."

에이단이 모자를 들어 올리자, 녀석이 울음을 토하며 몸체를 줄였다. 그리곤 기다렸다는 듯 에이단의 풍성한 머리 위에 쏙 자리를 잡았다.

"수고했어, 잉그리드. 늘 고마워."

바율은 모자가 엎어지기 전에 잉그리드에게 고마움을 전했다. 그에 응답하듯 삐약삐약 소리가 에이단의 모자 속에서 들려왔다.

"그럼 우리도 가 볼까?"

칼라의 구토도 차츰 진정세를 보였다. 라나사가 부축하려 했지만, 그녀는 이제 괜찮다며 애써 거절했다. 안색은 그리 나아 보이지 않는데도 걸음걸이는 만월 기사단답게 작은 흔들림조차 없었다. 방금 전까지 죽을 것처럼 토악질을 해 대던 사람이 맞나 싶을 정도였다.

"이건…… 강물 소리 같은데?"

일행이 마을 중심가를 향해 천천히 걸음을 옮기던 와중이었다. 쏴아아, 시원한 물소리가 그들의 고막을 건드렸다.

"한나절 만에 꽤 멀리까지 오긴 했나 봐. 덥네, 벌써."

"어, 그래선지 물소리가 엄청 반갑다."

잉그리드의 비행 속도에 다시 한번 감탄하며 다들 피식거렸다.

─바율! 여기 물 정말 시원해!

이노센트는 어느새 강물에 들어가 놀고 있는 모양이었다. 녀석의 외침에 바율은 곧장 그쪽으로 방향을 틀었다.

물가가 가까워지자 기분이 좋아진 듯 퀸의 머리 색이 점점 진해지고 있었다. 그게 신기했는지 뒤따르던 가르디엥의 시선이 퀸의 머리에서 떨어질 줄 몰랐다.

"들어가고 싶냐?"

강은 폭이 좁은 대신 꽤 깊어 보였다. 뱀의 몸통처럼 구불구불한 강줄기를 따라 물이 세차게 흘러가고 있었다.

"아직까지는."

인어족인 퀸은 정기적으로 물속에 몸을 담가 수분을 흡수해야만 했다. 그래도 랑트에서 실컷 온천욕을 했던지라 얼마간은 충분히 버틸 수 있었다.

"저쪽에 사람들이 있는 것 같아."

바울의 예민해진 감각에 규칙적인 소리가 연이어 들려왔다. 일행은 강가에 난 길을 따라 다시 걷기 시작했다.

"아, 빨래하시는 분들이네."

탁! 탁!

빨랫방망이를 두드리는 소리가 점점 커져 갔다. 하나둘 보이던 인영들이 수십 명이 되는 건 순식간이었다.

"여기가 빨래터인가? 난 클린 마법 한 번이면 끝나는데, 귀찮겠군."

자신이 드래곤이라는 걸 이제 숨길 필요가 없어진 일라이는 괜스레 거들먹거렸다.

"그래, 너 아주 좋겠다!"

이래 놓고 개강하면 다시 설정 운운하면서 모범생 흉내를 내겠지. 에이단은 일라이가 안 보이게 녀석의 뒤에서 주먹을 쥐어박는 시늉을 해 댔다.

"......?"

바울이 기이함을 느낀 것은 그때였다. 낯선 방문객들을

발견하고 힐긋거리던 주민들의 눈들이 무언가를 발견한 듯, 어느 순간 탐욕의 빛을 띠었다.

'뭐지?'

그런 그들의 시선이 향한 곳은 일행의 뒤쪽이었다. 정확하게는 라나사와 칼라를 보고 있었다.

으레 이런 경우엔 인어족인 퀸이나 엘프인 가르디엥에게 먼저 눈길이 가야 정상일 텐데, 그들의 눈은 못이라도 박힌 것처럼 라나사와 칼라에게 고정되어 있었다.

"눈깔들이 왜 저래?"

라나사가 미간을 구기며 거침없는 말투로 노기를 드러냈다. 어려서부터 뛰어난 외모 탓에 징그럽고 노골적인 시선이야 수없이 받아 봤지만, 지금처럼 떼로 마주했던 적은 없었다.

칼라도 말은 없지만, 불쾌한 티가 역력했다.

"이상한데."

그때 로건이 불쑥 말했다.

"뭐가?"

"다 남자야."

"…남자?"

"빨래는 보통 여자들이 더 많이 하지 않던가?"

백작가의 장남으로 태어난 로건은 당연히 빨래를 직접

해 본 적이 없었다. 하지만 그도 자라면서 보고 듣는 것이
있었다.

성내에서 힘을 써야 하는 일은 주로 남자들의 몫이었고,
요리나 청소, 빨래 등 꼼꼼함이 필요한 일은 여인들이 맡아
서 했다.

"헐, 정말이네. 다 남자뿐이야."

"…이 동네에선 빨래를 남자들이 하기로 단체로 약속이
라도 한 건가?"

"그런 괴상한 약속을 왜 하는데?"

"그건 나도 모르지."

에이단은 그냥 생각나는 대로 말했을 뿐이었다.

"어쨌든 빨리 가자. 눈빛이 기분 나빠."

"어, 그래."

라나사는 사내들의 시선을 피하지 않았다. 오히려 결투
라도 하듯 더욱 매섭게 노려보았다. 그러나 그럼에도 그녀
와 칼라를 향한 지저분한 눈길들은 좀체 사그라지지 않았
다.

"똥이 무서워서 피하냐. 더러워서 피하지."

한 번만 더 눈에 띄면 가만두지 않겠다는 기세를 풀풀 날
리며 라나사가 걸음을 서둘렀다. 바율과 친구들은 얼른 그
뒤를 쫓았다.

얼마 가지 않아 상점들이 한두 개씩 보이면서, 일행은 곧 번화가에 입성했다. 빨래터와 마찬가지로 낯선 이들의 등장에 지나가는 사람들의 이목이 쏠렸다.

그리고 그들 역시 라나사와 칼라를 발견하곤 아까의 그 자들과 비슷한 눈빛을 보였다.

"뭐냐, 여기?"

"왜 여기에도 여자가 안 보이지?"

그랬다. 시야가 닿는 어디에도 여자라고는 일절 볼 수가 없었다. 어린아이, 소년, 어른, 노인 전부 다 남자들만이 가득했다.

'설마……?'

불현듯 모골이 송연해진 바율은 템페스타에게 바로 명령했다.

잠시 후, 사람들의 시선을 피하고자 구석으로 향하는 일행 앞에 템페스타가 불쑥 나타났다.

"바율! 바율 말이 진짜였어! 이 마을엔 여자가 하나도 없어!"

"뭐? 그게 정말이야?"

광장을 지나면서 설마설마했지만, 마을 전체에 여자가 없다니? 살다 살다 이런 곳은 처음이었다.

"그래서 다들 라나사와 칼라 경을 이상한 눈으로 쳐다보는 거였어?"

즉, 라나사와 칼라는 현재 이 마을의 유일한 여성이란 뜻이었다.

"그게 말이 돼?"

라나사는 믿을 수가 없어서 템페스타에게 재차 물었다.

"템페스타, 착각한 거 아니야? 어떻게 마을에 여자가 전혀 없을 수가 있어? 그런 곳이 존재한다는 얘기는 난 어디서도 들어 본 적이 없는데."

"내 능력을 의심하는 거야?"

"아니, 그런 건 아니지만……."

"그럼 내가 거짓말이라도 하는 것 같아? 그런 건 한 번도 해 보지 않았다고!"

템페스타가 억울하다는 듯 항변했지만, 불행히도 지금은 녀석을 달래 줄 정신이 없었다. 정말이지, 여태 겪어 본 적 없는 이상한 마을에 들어섰으니 말이다.

"여기 계셨습니까?"

그때 숙소를 찾으러 갔던 이언이 되돌아오다가 그들을 발견했다.

"마을에 여관이 하나뿐이더군요. 썩 괜찮은 수준은 아니지만, 아쉬운 대로 오늘은 그곳에서 묵으셔야 할 듯합니다."

"네, 그건 상관없어요. 그보다 이언 경은 이상하지 않으십니까?"

"마을에 남자들밖에 없는 거 말씀입니까?"

역시 이언도 눈치채고 있었다. 그의 시선이 잠시 라나사와 칼라에게로 향했다가 다시 바율에게로 왔다.

"여관 주인의 말에 의하면, 이곳 마을의 여인들은 전부 옆 도시로 일하러 갔다고 합니다. 보름 혹은 한 달에 한 번 정도씩 와서 쉬고 간다고 하더군요. 여자들만이 할 수 있는 일인 데다 급여가 세서 주변 마을에서도 다들 그렇게 산다고 합니다."

"⋯아."

뭔가 석연치는 않지만, 듣고 보니 아주 이해가 가지 않는 것도 아니었다.

"그래도 여자아이조차 없는 건 좀⋯⋯."

"혹시 옆 도시의 이름도 들으셨나요?"

바율이 말끝을 흐릴 때, 칼라가 불쑥 끼어들며 물었다. 이런 작은 마을은 몰라도, 도시라면 그녀가 알 수도 있었다.

"'셀'이라고 하던데. 아는 지역인가?"

"셀이요?"

칼라의 표정으로 보건대 거기라면 당연히 모르려야 모를

수가 없다는 얼굴이었다.

"셀은 아리아나에서 중점적으로 물자를 들여오는 도시예요. 제국 내의 물건들이 집결하는 중간 지점이라고 할 수 있죠. 아시다시피 아리아나는 광물 외에는 마땅히 얻을 게 없는 땅이라서, 대부분의 생필품을 교역에 의지해야만 합니다. 벌써 셀 근처까지 날아왔다니…… 하아, 정말 빠르긴 빠르네요."

멀미 때문에 죽도록 고생했지만, 이런 수준의 이동력이라면 앞으로도 마다할 수 없으리란 생각이 들었다. 솔직히 고백하자면, 칼라는 입에서 단내가 나고 사지를 꼼짝할 수 없을 지경까지 몰아붙이는 기사단 훈련보다 오늘이 더 힘들었다.

"대체 무슨 일이기에 남자들은 여기서 이렇게 펑펑 놀고 있고, 여자들만 죄다 간 거지? 이거 여성 노동 착취 아니야?"

마을 사내들의 오물과도 같은 불결한 시선에 가뜩이나 기분이 좋지 않았던 라나사는, 여인들만 도시로 나가 일한다는 얘기에 다시금 배알이 뒤틀렸다. 갑자기 마을에 있는 남성들이 죄다 무능력자로 느껴졌다.

"그건 우리가 상관할 바 아니지. 다들 살아가는 방법은 다른 거니까."

놀라는 일행과 달리, 내내 시큰둥하게 서 있던 데스가 그만 가자는 듯 앞장섰다. 바율의 비밀 호위 기사라는 직책 때문에 리타의 곁에 남을 수 없었던 그는 최대한 일을 빨리 끝내고 돌아갈 작정이었다.

이제 겨우 리타가 잘해 주기 시작했는데, 그걸 마음껏 즐기기도 전에 이러고 있으니 데스 입장에선 환장할 노릇이었다. 단언컨대 수하들이 부럽게 느껴지긴 난생처음이었다.

'훗.'

그래도 리타를 떠올리자 그의 입술이 히죽 말려 올라갔다. 그녀의 변화는 데스도 전혀 예상하지 못했던 바였기 때문이다. 오죽하면 심장이 두근거릴 만큼 놀랐었다.

라예가르에 의해 기억이 삭제당했지만, 아마도 그녀의 감이 본능적으로 무언가를 느낀 덕이리라.

리타가 담고 있는 데스와의 친화력이 한결 더 강화된 것은 물론이었다.

지난 세월 그녀의 갖은 구박에도 꿋꿋하게 견뎌 낸 스스로가 대견하기 이루 말할 수가 없었다.

'쩝. 배고프군.'

리타를 생각해서일까.

출출해진 배를 만지며 걸어가는 데스의 발에 속도가 붙

었다. 리타의 요리에 비하면 맛이 없을 게 분명하지만, 그래도 마계에서 먹던 음식보다는 훨씬 나을 거란 것에 위안을 삼았다.

딸랑!

"천국의 계단에 오신 것을 환영합니다. 친절하게 모시겠습니다. 저는 주인장 뮐이라고 합니다."

마을의 하나밖에 없다는 여관의 문을 열고 들어서자, 작은 종소리와 함께 한 사내가 허리를 숙이며 깍듯하게 인사했다.

나이는 사십 대 중반쯤, 중키에 별로 특별한 것 없는 평범한 인상의 남자였다.

"천국의 계단?"

여관은 목재로 지어진 이 층짜리 건물이었다. 실내에 전반적으로 흐르는 스산한 분위기도 분위기지만, 발을 뗄 때마다 삐걱거리는 소리가 날 정도로 낡아 빠진 상태였다. 손님보다 수리공을 부르는 게 더 시급해 보였다.

"이름을 영 잘못 지은 것 같은데……. 내 눈에는 천국이 아니라, 저승문으로 향하는 계단처럼 보인다."

규모가 작은 여관의 일 층은 식당이었고, 위층만 손님들이 머무르는 숙소 같았다. 건물의 유일한 계단을 바라보던 일라이가 눈살을 찌푸리며 불평했다.

오늘 아침까지만 해도 최고급 숙소인 팔레즈 호텔에서 지내다가 이런 곳에서 하루를 보내자니 절로 거부감이 생겼다.

"귀하신 분들께는 한없이 누추하게 보일 줄로 압니다. 하지만 하루도 빠짐없이 쓸고 닦으며 청결을 유지하려 애쓰고 있답니다. 하오니 부디 그 점을 참작하시어 너그러이 이용해 주십사 부탁드립니다."

일라이의 무례한 발언에도 뮐이라는 사내는 미소를 지으며 침착하게 대응했다. 아무래도 이런 상황이 한두 번이 아닌 모양이었다.

"그런데 어쩌지요? 숙소의 방이 여섯 개밖에 없다고 합니다."

먼저 들어와 있던 맥이 곤란한 낯빛으로 일행을 살폈다. 자신이야 누군가와 같이 방을 쓰는 게 별다른 일은 아니었다.

하지만 바율과 그의 친구들은 귀한 집 자식이었고, 무려 마황에 드래곤까지 있었다. 이들이 과연 그것을 용납할 수 있을지, 그는 그게 걱정이었다.

하나 그건 맥이 너무 몰라서 한 염려였다. 아카데미에서 기숙사 생활을 하는 그들에게 룸메이트란 떼려야 뗄 수 없는 존재였다.

"그럼 열두 명이니까, 둘씩 묵으면 딱 되겠네요."

"응, 나는 칼라 경과 같이 쓸게."

여자가 둘뿐이니 라나사에겐 선택권이 없었다. 그녀가 눈을 들어 은연중 뜻을 묻자 칼라가 당연하다는 듯 고개를 끄덕였다.

"저는 전처럼 이언 경과 함께하겠습니다."

바율을 수행하면서 몇 번 방을 공유했던 이언과 맥은 자연스럽게 뭉쳤다.

"나는 그럼 바율과 지내면 되겠군."

"…예?"

마황의 헛소리가 다시금 튀어나온 것은 그때였다. 바율은 물론 일행 전부 황당하다는 듯 그를 쳐다보았다.

아직 바율이 딱히 이러자, 저러자 말을 안 하기는 했지만, 그는 원래가 퀸과 룸메이트 사이였다. 해서 둘은 진작부터 예외 대상이었고, 에이단과 로건, 그리고 일라이가 가르디엥과 함께 쓰면 되겠다고 다들 비슷한 생각을 하던 와중이었다.

그런데 마황이 난데없이 바율 옆에 서며 말 같지도 않은 소리를 한 것이다.

"바율은 제 룸메이트입니다."

퀸은 뚜렷한 반감을 드러내며 바율을 자신에게로 끌어당

겼다. 만약 눈빛만으로 누군가를 죽일 수도 있다면 지금 그의 기세가 그러했다.

"바율은 바율입니다. 혼동하지 마십시오."

구체적인 이름을 거론하진 않았지만, 퀸이 무엇을 말하고자 함인지 크루넬리스는 모르지 않았다. 그에 한순간에 싸늘한 한기가 마황의 눈가에 맺혔다.

그의 검, 엘라움이 어디선가 튀어나올 것만 같아서 바율은 즉시 둘 사이로 끼어들었다.

"쉬지 않고 날아왔더니 출출하네요. 우선 우리 저녁이나 먹을까요? 뭘이라고 하셨죠? 뭘 씨, 지금 당장 식사 준비 가능한가요?"

"네, 물론입니다. 이쪽으로 앉으시지요."

뭘이 노련하게 식당의 중앙을 차지하고 있는 가장 커다란 테이블로 그들을 안내했다. 그러곤 재빨리 메뉴판까지 내밀었다.

"종류는 몇 개 없지만, 신선한 재료로 정성껏 만들어 드리겠습니다. 저희 여관의……."

"그 전에 한 가지 묻고 싶은 게 있는데요."

뭘이 요리사에 대해 칭찬을 늘어놓으려는데, 칼라가 그의 말을 뚝 잘랐다.

"이 마을의 여성분들은 셀에서 무슨 일을 하는 건가요?"

"…네?"

이제껏 막힘없이 능란하게 일행을 대하던 여관 주인이 처음으로 주춤하는 기색을 보였다.

"그건 왜 여쭈시는지……."

"궁금해서요. 대관절 얼마나 중요한 일이기에 마을의 모든 여인이 빠짐없이 집을 떠나 일을 하는 건지, 아무리 생각해도 납득이 안 가서 물어보는 겁니다. 아버지께선 제게 한 번도 이런 상황에 대해 말씀을 해 주신 적이 없거든요."

"아버지라면…… 어떤……?"

뮐의 눈빛이 순간 바뀌었다.

그는 바율 일행의 정체에 대해 짐작조차 하지 못하고 있었지만, 보통 신분들이 아닐 거라는 건 이미 얼추 헤아렸다. 그건 그냥 보는 것만으로도 알 수 있었다.

하지만 방금 칼라의 말은 그에게 어떤 경각심을 불러일으켰다. 머릿속으로 번뜩 경고등이 켜졌다.

"아, 저는 칼라 섬 델러바인이라고 합니다."

"…지금 델러바인이라고 하셨습니까?"

사내의 숨결이 거칠어졌다. 그의 표정에 드러난 건 분명한 당혹감이었다.

왜지?

바율이 그에 의아해하는데, 사내가 확인이라도 하고 싶

었는지 다시 물었다.

"정녕 델러바인 백작가의 영애가 맞으십니까?"

"네. 왜 그렇게 놀라죠? 혹시 절 아시나요?"

셀의 근처이니 이곳 또한 아리아나와 그리 멀지는 않을 것이다. 하지만 그녀의 가문이 다스리는 곳은 아닌 듯했다. 아버지의 영향력이 아예 미치지 않는다고는 말할 수 없겠지만, 그래도 사내의 반응은 다분히 과했다.

"아무렴요! 알다마다요! 델러바인 백작님의 영애님을 몰라봬서 송구할 따름입니다!"

갑자기 사내는 비굴할 정도로 허리를 납작 숙이며 연신 굽실거렸다.

하마터면 큰 실수를 할 뻔했다.

칼라는 아리아나의 영주, 델러바인 백작의 다섯 번째 자식이자 그가 목숨처럼 아낀다는 고명딸이었다.

그녀가 별안간 왜 이곳에 나타났는지는 알 수 없다만, 행여나 백작의 딸에게 손을 댔다면 미래의 자신은 어찌 되었을까.

오싹한 상상에 온몸의 털이 쭈뼛 서는 듯한 느낌이었다. 이제라도 알게 되어서 천만다행이었다.

"그 송구함은 제가 아니라 이분께 가지셔야 더 맞을 것 같네요."

"예?"

칼라가 매우 공손한 태도로 바율을 가리키며 소개했다.

"인사하세요. 란데르트 백작님이십니다."

"…란데르트요?"

뮐의 고개가 기울어졌다. 제국민이라면 '란데르트'란 단어를 살면서 적어도 수백 번은 듣고 자란다.

하지만 그만큼 영웅적인 인물이기에, 대부분의 사람들에겐 란데르트라 함은 상당히 머나먼 존재였다. 특히나 이런 구석진 지역에서 불법을 자행하며 살아가는 이들에게는 더욱 그랬다.

"설마 모르세요?"

뮐이 멍청하게 되묻기만 하자 칼라는 조금 기가 찼다.

"란데르트 공작 전하의 하나뿐인 아드님이시라고요. 황도에 비를 내려 가뭄을 해결하신 공로로 황제 폐하께서 친히 관직과 작위를 하신, 바율 혼 란데르트 백작님이십니다. 이제 아시겠어요?"

"히익!"

칼라의 설명이 이어질수록 뮐의 안색이 시시각각 변했다. 그러다 어느 순간 그가 밭은 숨을 내뱉더니, 딸꾹질까지 해 댔다.

살면서 평생 볼 일이 없을 거라 생각하던 이와 마주쳤다는 것에 그는 놀라다 못해 의식이 돌처럼 경직되었다.

"계속 그렇게 놀라고만 계실 건가요?"

여관 주인의 심정을 전혀 이해하지 못하는 바는 아니지만, 칼라는 더 두고 볼 수 없었다. 그녀는 이제 델러바인 백작가의 사람이기 이전에 만월 기사단의 정식 단원이었다. 그녀에게 최우선시되는 것은 단장인 란데르트 공작의 명령이었고, 이번에 그녀가 받은 명은 바율을 불편함 없이 모시는 일이었다.

그 '불편함'에는 당연히 지금처럼 무례한 자들도 포함되었다.

"제국의 위대하신 첫 번째 정령사이십니다. 여관에 계신 분들은 모두 나와 예를 갖추세요!"

처음부터 신분을 밝힐 생각은 없었다. 하지만 어쩌다 보니 이리되었고, 그렇다면 마땅히 특무 대신인 바율에게 예를 올리는 것이 맞았다.

섬세하고 단정하게 생긴 외모와 달리, 기사단 내에서 칼라의 별명은 '아리아나의 꼴통'이었다. 델러바인의 성을 달고 만월 기사단에 지원했다는 것이 일차적 이유였지만, 그뿐만은 아니었다. 나이답지 않은 고지식함에, 선배인 헤이즈의 말이라면 불구덩이 속에 뛰어들고도 남을 만큼 맹목적인 충성심까지 갖췄기 때문이었다.

다들 처음엔 평생 돈이나 펑펑 쓰면서 편하게 살 수 있는 귀족가의 여식이 일상이 따분해서 이러나 싶었다. 그러나 훈련을 비롯한 모든 업무에 그 누구보다 진지하게 임하는 그녀의 태도를 보고는 그런 생각을 싹 접었다.

이제 만월 기사단 내에서 그녀의 출신을 두고 뭐라고 하는 이들은 한 명도 없었다.

"아닙니다. 일부러 그러실 필요 없습니다."

칼라의 고압적인 음성에 겁을 먹었는지 뮐의 고개가 점점 더 밑으로 내려갔다.

어차피 하루만 묵어 가려고 들른 작은 마을이었다. 굳이 떠들썩하게 굴고 싶지 않았던 바율은 나긋한 어조로 달래듯 물었다.

"대신 칼라 경의 질문에는 답을 해 주셨으면 좋겠군요. 여기 마을 여인들은 셸이라는 도시에서 대체 무슨 일을 하는 겁니까?"

"…히끅! 그, 그거라면 오, 옷을 짓거나…… 식당 일을 하거나…… 주, 주로 허드렛일 같은 것을…… 합니다."

"허드렛일?"

더듬거리며 말하는 통에 평소보다 집중해서 듣던 일행은 그의 말이 끝나자 다 같이 약속이라도 한 듯 인상을 찡그렸다. 마을 여인들이 전부 동원될 정도라면 나름의 특별한 일거리일 거라고 내심 짐작하고 있었던 탓이다.

"그건 좀 이상하군요."

"겨우 그런 일 때문에 가족과 생이별을 한다고요?"

"그것도 굳이 여자들만? 지금 나만 이 상황을 이해하지 못하는 거니?"

라나사는 고개를 갸웃거리며 여관 주인을 거의 노려보다시피 했다.

"옷을 짓는 일을 하느라 여자들이 전부 그쪽으로 갔다고요? 그런 거라면 마을에서 만든 다음에 납품해도 되지 않나요?"

"그, 그게…… 워낙 생산량이 많아서…… 시간을 단축하고자……."

"정말 보잘것없는 핑계만 대시네요. 그냥 솔직히 말해 보세요. 다른 이유 있죠?"

"아, 아닙니다요! 감히 제가 어느 안전이라고 거짓을 고하겠습니까! 저, 정녕 사실입니다!"

"그래요?"

라나사가 날카로운 눈매로 주위를 휘둘러보았다.

"그럼 다시 묻죠. 조금 전부터 마을 주민들이 이 여관을 포위하는 건 어째서인 건가요?"

"……!"

그제야 뮐은 아차 싶었다. 상대의 정체에 너무 놀란 나머지, 취소 명령을 내릴 겨를도 없었다. 누군가 천국의 계단의 문을 열고 들어섰다는 건, 그들에게는 곧 '작업'의 시작을 알리는 신호였다. 그것은 오래도록 이어져 온 전통과도 같았다.

"우리를 전부 죽이기라도 할 속셈인가요? 그게 아니면…… 남자는 없애고, 여자만 어디로 납치라도 하시려고요?"

라나사의 매서운 물음에 뮐은 목이라도 졸린 사람처럼 숨을 덜컥거렸다. 그건 거의 인정하는 꼴이나 마찬가지였다.

"각종 무기를 꼬나들고 몰려드는 게, 각오들이 아주 대단하군."

이 상황이 새삼 우스운 듯 마황이 픽 웃었다.

"처음부터 수상하기는 했지. 이렇게까지 겁을 상실했을 줄은 몰랐지만. 쯧쯧."

여기 인간들은 멍청해도 너무 멍청한 것 같다고 데스가 혀를 차며 중얼거렸다. 한두 명이었던 기척은 이제 스물을 넘어 서른에 육박하고 있었다.

"이런 식으로…… 여인들을 얼마나 납치하셨습니까?"

바율의 음색이 낮아졌다. 모두가 느껴 왔던 수상함을 그라고 인지하지 못할 리 없었다. 그래도 속으로 '설마 아니겠지' 하며 바랐던 게 허무하게 무너지는 순간이었다.

"무, 무슨 말씀이십니까! 모조리 오해이십니다! 소, 소인은…… 히이익!"

일단 발뺌을 해 보자는 심산으로 변명하던 뮐의 두 눈이 돌연 믿기지 않는다는 듯 크게 벌어졌다. 이어 그의 입에서 비명과도 같은 외침이 터졌다.

아닌 게 아니라 여관의 벽과 천장이 하늘로 붕 날아올랐기 때문이다. 그건 정말로 '날아올랐다'란 말로밖에는 설명할 길이 없었다.

단단한 목재들이 일정한 크기로 분리되어 공중으로 치솟자 밖에서 대기 중이던 사내들도 기겁한 채 일제히 움직임을 멈췄다. 몇몇은 넘어지며 엉덩방아를 찧기도 했다.

멀쩡한 것은 오로지 바닥과 실내를 채우던 가구들뿐이었다. 벽과 천장이 사라지면서 순식간에 사방이 야외처럼 확 트인 여관은 기이한 모습이 되고 말았다.

"얘 또 열 받았다."

"이러다 성격 망가질까 봐 무섭다니까."

무표정한 얼굴로 뮐과 사내들을 돌아보는 바율의 눈동자는 어느덧 검게 물들어 있었다. 짐작하건대 납치라는 단어에서 리타를 떠올렸음이 분명했다.

바율의 변화가 이제는 별로 놀랍지도 않다. 다만 행여 매번 벌어지는 이런 일들이 녀석에게 악영향을 미치지는 않을지 친구들은 오직 그게 걱정이었다.

그 염려를 아는지 모르는지 바율이 다시 한번 물었다.

"대답하십시오. 몇 명입니까?"

"주, 죽을죄를 지었습니다! 사, 살려만 주십시오!"

여관 주인은 답은 않고 납작 엎드리며 빌었다.

소문으로만 듣던 바율의 위용을 직접 목도하자 오금이 저렸다. 그리고 보면 드래곤을 무찔렀다는 무용담도 있었다.

그는 수하들에게 신속히 철수 명령을 내리지 않은 자기 자신에게 속으로 연신 욕을 퍼부었다.

"답할 생각이 없는 모양이군요. 셰임."

바율은 괜한 힘 빼지 않고 셰임을 불렀다. 지척에 있던 셰임이 바로 모습을 드러내자 바율은 그에게 대지의 기억을 보여 달라 청했다.

잠시 후.

바율의 표정은 어둡다 못해 험악해졌다. 그리고 그건 일행 역시 같았다. 대강 예측은 하고 있었지만, 놈들은 생각보다 훨씬 더 악질이었다.

"그러니까…… 이 마을 자체가 '설계'다, 그거지?"

"위장 마을이었어."

"허! 인신매매 조직이라니……."

그들이 셰임의 대지의 기억을 통해 본 장면은 남녀노소 할 것 없이 모두 잡아다가 셀로 팔아 버리는 범죄 현장이었다.

놈들은 아주 지능적이었다. 무기는 만일을 대비해서 준비해 두었을 뿐, 주로 대상을 여관으로 유인해 음식에 약을 타는 방식으로 손쉽게 일을 처리해 왔다.

"근데…… 아까 거기 나온 대화 중에서…… 셀은 중간 기점이고, 그들 전부가 아리아나로 팔려 간다는 게…… 사실입니까?"

칼라는 제 귀를 의심하지 않을 수 없었다. 아리아나는 그녀의 고향이자, 아버지가 다스리는 땅이었다. 대지의 기억 어디에도 델러바인 백작이란 말은 나오지 않았지만, 아리아나란 단어가 나온 것 자체가 그녀에게는 엄청난 충격이었다.

"정녕 몰랐습니까?"

기함하는 칼라에게 서늘한 말투가 꽂힌 것은 그때였다. 퀸이 냉기가 뚝뚝 떨어질 듯한 눈빛으로 칼라를 보고 있었다.

"…무슨 의미인가요?"

갑작스러운 적의에 칼라는 적잖이 당황했다.

"야만의 도시. 무뢰배의 땅. 범죄자들의 소굴."

이래도 모르겠습니까?

퀸의 말은 길지 않았지만, 칼라는 충분히 알아들었다.

"아리아나를 다들 그렇게 부른다는 거 알고 있어요. 하지만 그건 제대로 몰라서 하는 소리입니다. 대부분의 아리아나 시민들은 과거의 죄를 반성하며 열심히 일하고 있다고요. 아버지께서 가장 신경 쓰시는 점이 교화 정책이란 말입니다."

"내가 아는 정보와는 상당한 차이가 있군요. 칼라 경의 연기가 훌륭한 건지, 그도 아니면 생각보다 순진하신 건지 의문입니다."

"뭐라고요? 지금 내가 거짓말을 하고 있다는 겁니까?"

"정정하죠. 다시 생각해 보니 순진한 게 아니라, 머리가 좀 안 좋으신 듯합니다."

"야, 퀸!"

"적당히 해!"

사람을 면전에 두고 할 말은 아니었다. 그에 친구들이 질책했지만 퀸은 물러서지 않았다. 평소의 침착하고 냉철한 그답지 않은 태도였다.

"면책권이라니. 애초에 그딴 게 있는 것부터가 문제야.

죄를 지었으면 합당한 벌을 받는 건 너무나 당연한 상식 아닌가? 교화? 웃기는군."

퀸은 하얗게 질려 가는 칼라의 얼굴에 대고 사실을 고했다.

"칼라 경의 아버지인 델러바인 백작은 광산 업무에 차질만 없다면 영지민들이 어떤 짓을 저지르든 관심도 없는 자입니다. 그걸 여기서 칼라 경, 당신만 모르고 있다는 게 참 모순적이지 않습니까?"

퀸은 인어국의 왕자였다. 원칙과 법을 중시하는 그에게 아리아나란 도시의 존재는 그야말로 희극과도 같았다. 범죄자들에게 고통받은 이의 심정 따윈 헤아려 볼 생각도 없었으면서, 어떻게 저들끼리 멋대로 죄를 면하니 마니 떠들어 댄단 말인가.

"인어족인 당신이 뭘 안다고 그렇게 함부로 말하는 거죠? 아리아나는 절대 그런 곳이 아닙니다! 이언 선배님, 제 말이 틀린가요?"

칼라의 심장 박동이 빠르게 증가했다. 기묘한 불길함이 뇌리를 스치고 지나갔지만, 아닐 거라고, 그럴 리 없을 거라고 서둘러 위안했다.

그러나 응당 무어라 답해야 할 이언에게선 아무 대꾸가 없었다. 그의 다물어진 입술. 칼라의 시야에 그제야 일행의 면면이 들어왔다. 여기서 오직 그녀만이 그들과 다른 표정을 짓고 있었다.

　칼라는 델러바인 백작의 그늘 아래서 곱게만 자란 딸이다. 어려서부터 검술 말고는 아무것에도 관심이 없었다는구나. 덕분에 실상을 전혀 모르고 있지. 그런 녀석을 네게 붙여 주는 건, 꽤 마음에 들었기 때문이다. 제 아비와는 많이 다르더구나. 내 밑에 있으면 언젠가는 알게 될 일, 이참에 녀석이 어떤 선택을 할지 나 또한 궁금하다. 아까운 인재를 잃지 않았으면 좋겠거늘.

　바율은 칼라의 행동들이 거짓에서 비롯된 게 아니라는 걸 알고 있었다. 아버지께선 오기 전 미리 당부하셨고, 그녀가 어떤 선택을 하든 존중하라고도 하셨다.

　부모의 치부를 보고도 못 본 척 넘어갈 수 있다면 만월 기사단으로서는 실격이었다. 그러니까 이건 일종의 시험이라고도 할 수 있었다.

　"안에서는 보이지 않던 게, 밖에서는 잘 보일 때가 있죠."

　바율은 덤덤히 얘기했다.

"아리아나는 광산 채취만을 목적으로 하는 무법 도시입니다. 오늘날 면책권은 범죄자들에게 보험 구실을 할 뿐이고요. 이들만 하더라도, 걸리면 아리아나로 몸을 숨기면 그만이라고 생각할 겁니다."

그렇기에 마음 놓고 이런 대담한 범죄를 저지르는 것이었다.

"그래서 말인데요."

바율은 잠시 쉬었다가 말을 이었다.

"저는 이번에 아리아나를 바꾸려고 합니다."

"…바꾸다니요?"

"퀸의 말처럼 면책권은 사라져야 해요. 그건 결국 장차 더 큰 흉악한 범죄만 낳을 뿐입니다."

"하, 하지만…… 그건 폐하께서……."

"네, 폐하의 용인이 있었기에 이뤄진 것이라는 것 또한 저도 알고 있습니다. 아마 이번 일로 광산 업무에 차질이 생긴다면 대로하시겠지요."

세금과 직결된 문제이니 황제의 분노가 바율에게 향할 것은 자명했다.

"그렇다 하더라도, 눈앞에서 그로 인한 부작용을 직접 겪고서도 모른 척 두고 볼 수는 없지 않겠습니까? 칼라 경께선 그럴 수 있으십니까?"

기실 바율은 랑트를 떠나기 전부터 마음먹었던 일이었다. 막연히 생각만 하던 게, 마을에서 자행된 일련의 사건들을 보고 결심이 더 분명해졌다.

　"죄를 저지른 저들이 있어야 할 곳은 감옥입니다. 면죄란 명목하에 주어진 방만의 도시가 아니라요."

　바율의 말이 끝남과 동시였다. 허공에 높이 둥실 떠 있던 목재들이 엄청난 속도로 하강해 바닥에 꽂혔다.

　"으아악!"

　사내들이 저마다 외마디 비명을 질렀다. 그런 그들의 몸뚱이는 손가락 하나 꼼짝할 틈도 없이 목재로 꽉 죄어 있었다. 흡사 감옥처럼.

Chapter 9.
무뢰배의 땅

1.

진실이란 옳고 그름을 떠나, 거짓이 없는 사회를 만들기 위해선 반드시 지켜져야 할 필수 조건이었다. 하지만 그 진실이 때론 누군가의 현실을 가혹하게 만들기도 하였다.

칼라는 어제의 사건 이후로 말이 없었다. 아버지를 위한 변명의 말도, 무언가를 더 묻지도 않았다. 직접 제 눈과 귀로 사실을 확인하기 전까지는 그와 관련한 어떤 언급도 하지 않으려 부단히 노력하는 기색이었다.

그 의지가 얼마나 대단한지, 그렇게 심했던 멀미조차 하지 않았다. 덕분에 잉그리드는 더욱 빠른 속도로 날았고, 이제 그녀로 인해 이동이 뒤처지는 사태도 더는 발생하지 않았다.

"근데 어제 그자들이 사람들을 납치해서 팔아넘겼댔잖아. 그걸 사는 놈들은 대체 뭘 하려는 걸까?"

잉그리드에게 힘들지 않으냐며 다정하게 묻던 에이단은 문득 배후에 있을 누군가의 꿍꿍이가 궁금해졌다. 또한 면책이 되어 아리아나의 시민이 되고 난 후, 다시 또 죄를 지으면 어떻게 되는지에 대해서도 알고 싶어졌다.

"아직 이런 사례가 공식적으로 보고된 바는 없지만, 대강 짐작은 됩니다."

"그래요?"

에이단이 반색하며 맥 보좌관을 향해 휙 몸을 돌렸다. 어서 말해 달라는 뜻이었다.

"아라아나엔 해와 달이 있다고 합니다. 은유적 표현이지요."

"해는 영주인 델러바인 백작님일 테고, 달은 범죄자들의 두목을 가리키는 것이겠네요."

"맞습니다. 거친 자들이 모이다 보니 자연스레 파벌이 형성되었고, 규모가 큰 갱단이 음지의 지배자가 되었습니다. 초기엔 광산의 이권을 가져오기 위해서 하루가 멀다 하고 싸움이 벌어졌다고 하더군요. 아마 그 과정에서 죽은 자들도 많았을 겁니다."

"광산의 이권이라니요? 그들은 그냥 광부가 되어 인건비만 받는 게 아니었습니까?"

"죄를 짓고 도망친 범죄자들입니다. 그 수가 많으니만큼 당연히 죄목도 다양하겠죠. 절도, 사기, 폭행, 살인 등. 그런 이들에 대한 제어가 쉽게 되었을 리 없습니다. 당시의 델러바인 백작이 개중 우두머리를 정해 일을 맡긴 건, 어쩔 수 없는 선택이었을 거라고 생각합니다."

그러니까 제일 센 놈에게 혹할 만한 대가나 돈을 지불하고, 인부를 관리하게 시킨 거란 이야기였다.

어딜 가나 계급은 생겨난다고 하더라니, 아리아나가 딱 그 꼴이었다. 심지어 같은 범죄자들끼리도 능력에 따라 누군 관리자가 되고, 누군 노동자가 된다. 얼마나 반성하고 뉘우쳤는지와는 하등 관계가 없었다. 그저 힘만이 그 척도가 되었다.

하아! 이 얼마나 더없이 웃기는 노릇인가.

광산 업무에 차질만 없다면 무슨 일을 벌이든 크게 관여치 않는다는 건 바로 이거였다.

"정리하면 그 관리자란 놈들이 더 나은 성과를 내기 위해서 멀쩡한 이들을 납치해 와 인부로 부린다는 거네요. 정작 면책받고 일해야 할 범죄자들은 떵떵거리며 놀 테고."

"남자들까지 데려갔다면 그럴 확률이 높을 거라 예상합

니다."

"그럼 여자는요?"

냉소적으로 묻는 라나사는 이미 그 답을 알고 있는 표정이었다. 끔찍하고도 험악한 범죄를 저지르는 건 대개가 남자들이었다. 자연히 아리아나의 인구 비율은 남성이 월등하게 높을 것이다.

문제는 그런 놈들이 성욕을 풀 대상이 없다는 것이겠지.

잡혀간 여인들이 어떤 취급을 받고 있을지 라나사는 눈에 훤히 그려졌다. 손톱이 살갗을 파고드는 것도 모르고 그녀가 양 주먹을 세게 그러쥐었다.

"노예 사냥꾼과 다를 바가 없군요."

"노예 거래는 엄히 금하고 있으면서, 어떻게 아리아나는 내버려 둘 수가 있습니까? 아무리 세금을 많이 바친다고 해도 그렇지, 나라에서 이러면 안 되는 것 아닙니까?"

일라이의 비아냥거림에 이어 로건이 분을 참지 못하고 낮게 이를 갈았다.

"제국을 안정적으로 운영하기 위해선 많은 돈이 필요한 법입니다. 당대 폐하께선 그런 부분에서 백작과 합의를 보신 거겠죠. 참! 조사하다 보니, 헥터 후작의 아들 자레드 공자를 아리아나로 보내려던 정황도 알 수 있었습니다."

"헐! 정말요?"

"물론 란데르트 공작 전하의 압박으로 미수에 그쳤지만요."

"와! 그 자식이 이리로 도망 와서 사지 멀쩡하게 지내는 걸 내 눈으로 봤다면, 절대 가만두지 않았을 거야. 얘들아, 다행이지 않냐? 내가 살인자가 될 수도 있었다고!"

녀석에게 당한 게 떠오르는지 에이단이 격앙된 말투로 소리 질렀다.

"이번에 바율이 아리아나를 들쑤시면 어떻게 되는 건가요? 나쁜 놈들이야 응징을 가하면 그만이지만, 면책권을 없애는 게 가능한 겁니까? 폐하께서 가만히 계실까요?"

라나사는 그게 가장 큰 걱정이었다. 현 황제가 직접 면책권을 부여한 것은 아니지만, 어쨌든 그 역시 가만히 있다는 건 공공연히 인정한다는 의미였다.

어쩌면 바율이 감히 황제에게 반기를 드는 형세로 몰릴 수도 있는 것이다.

더욱이 자연재해로 인해 광물의 채취량이 곤두박질치고 있다고 들었다. 매년 수익의 일부를 황실에 바친다고 하였으니, 그만큼 황가의 수입도 줄었다는 말과 동일했다.

면책권을 상실하면 당연히 그 수입은 더욱 낮아질 터. 바율에 대한 황제의 총애가 사라지는 건 어쩌면 시간문제였다.

"글쎄요. 그에 대해선 저도 폐하께서 어떻게 나오실지 전혀 짐작할 수가 없습니다."

"설마 바율에게 벌을 내리진 않으시겠죠? 그래도 제국에 하나뿐인 정령사인데."

"맞아. 바율을 잃으면 어마어마한 손해지!"

게다가 녀석의 뒤에는 제국의 살아 있는 전설이라 불리는 란데르트 공작이 떡 버티고 있었다.

바율은 조금은 막 나가도 될 거야.

친구들은 저마다 그렇게 믿으며 안도의 기색을 비쳤다.

"……."

하지만 이언과 맥의 낯빛은 그리 좋지 못했다. 현 황제인 프라이트 멜라크 무어는 실리를 꽤 따지는 편이었기 때문이다.

어질고 현명해 보이는 이면에는 늘 많은 계산이 깔려 있었고, 제국민들을 위하기는 하나 항시 자신이 최우선이라 생각하는 어쩔 수 없는 오만함을 품은 자였다.

아리아나의 세금이 줄어든다면 제아무리 바율이라 할지라도 문책을 피하기 어려울 수 있었다. 그때 란데르트 공작이 과연 어찌 대응하실지, 둘은 내심 복잡한 심경이었다.

"그래서 지금 아리아나의 달은 누군가요?"

"…예?"

갑작스러운 라나사의 질문에 맥은 순간 멍하게 반문했다.

"광산의 이권 다툼을 위해 허구한 날 치고받고 한다면서요. 그런 식으로 지금 패권을 차지한 자가 누군지 알고 싶어서요."

그녀는 온갖 죄악을 저질렀을 게 뻔한 그놈을 잡아 당장 족치고픈 마음이었다.

"야도입니다."

"야도요?"

조금은 특이한 이름이었다.

"정확한 나이는 알려지지 않았지만, 상당히 젊은 편이라고 합니다. 약 5년 전부터 음지를 꽉 잡고 있다고 하더군요. 원래 아리아나는 2년 정도의 주기로 주 세력이 바뀌었는데, 야도가 이끄는 갱단은 무려 5년씩이나 자리를 지키고 있습니다."

"수완이 아주 대단한가 보죠?"

범죄가 난무하는 세계에서 최고로 버틴다는 건 보통의 힘으로는 불가능할 것이다. 모르긴 몰라도, 머리 역시 좋을 게 분명했다.

"그는 무슨 죄를 지었나요?"

"일단은 살인입니다."

"살인이면 살인이지, 앞에 일단은 왜 붙는 겁니까?"

"혹시 놈이 자신은 살인자가 아니라고 부정하나 보죠?"

범죄자들이 가장 잘하는 거짓말이 자신은 죄를 짓지 않았다고 말하는 것이었다. 증거를 내밀어도, 목격자가 있어도 아니라고 우기는 경우가 다반사다. 되레 죄를 시인하는 걸 보기가 훨씬 어려웠다.

"부정이라기보다…… 그 방식이 조금 기이해서 그렇습니다."

"기이하다고요?"

"네."

답하는 맥의 얼굴이 어딘지 석연치가 않았다. 그러고 보니 살인의 방식이 잔인하거나 악독하다는 등의 말은 들어 봤어도, 기이하다는 표현은 생소했다.

그에 바율과 친구들이 종용하듯 그를 바라보자, 맥이 머뭇거리다가 말했다.

"그게, 전부 스스로…… 목숨을 끊었기 때문입니다."

"…자결을 했다는 말씀이세요?"

"근데 어째서 살인이라는 겁니까? 뭔가 앞뒤가 맞지 않는 것 같은데……."

자결이라 함은 말 그대로 홀로 죽었다는 뜻이었다. 한데 살인은 사람이 사람을 죽였다는 것이니 애초에 두 단어는 공존할 수가 없었다.

"혹시…… 야도라는 자가 죽으라고 명령이라도 내린 건 가요?"

"비슷합니다."

맥은 이번 원정을 준비하면서 이것저것 알아보다가 야도란 자에게까지 닿았고, 그때부터 지금까지 풀지 못한 숙제를 안고 있는 기분이었다.

그가 미간을 모은 채 마저 설명했다.

"부탁을 했다고 합니다."

"…네?"

"피해자들에게 하나같이 죽어 줬으면 좋겠다고, 아주 정중하게 부탁을 하였답니다."

"그게 말이 됩니까? 세상에 대체 어느 누가 그런 부탁을 들어줍니까? 말도 안 됩니다!"

"그래서 기이하다고 미리 말씀드린 겁니다. 그나마도 피해자의 유서가 발견되어서 알려지게 되었다고 하네요."

"세뇌를 시키는 건가……."

맥 보좌관이 거짓말을 지어낼 리는 없었다. 황당하지만 정녕 사실이라면, 가능성은 세뇌뿐이었다.

"정신계 마법을 쓰는 자라면 가능하지 않을까?"

"마법사는 아니라고 알고 있습니다."

"엑? 그래요?"

추리가 대번에 빗나가자 에이단이 와락 이마를 찌푸렸다.

"미우우!"

그때 잉그리드가 고개를 뒤로 젖히며 무어라 속닥였다.

"거의 도착한 것 같다고 하네요. 밑으로 좀 하강하겠습니다."

에이단이 툭툭 등을 두드리자 잉그리드가 날갯짓을 멈추고 지상과의 거리를 좁혔다. 그러자 점처럼 보이던 것들이 더욱 자세히 눈에 들어오며 아리아나의 전체적인 모습이 보였다.

"저곳이 영주 성인가 보군요."

가장 눈에 띄는 곳은 역시 성벽이 남다르게 치솟은 거대한 성채였다. 같은 아리아나지만, 보는 순간 그곳만이 외따로이 떨어져 있다는 것을 알 수 있었다.

영지민들과는 철저히 분리된 삶을 살아간다는 뜻이리라.

성채는 지대가 높은 곳에 위치했다. 그리고 그 아래로 척박한 땅이라고는 믿기지 않을 정도로 번성한 도시가 펼쳐져 있었다.

"우린 일단 성으로 가야겠지?"

"응, 그래야지."

바율은 칼라의 옆모습을 힐긋 살핀 뒤 에이단에게 부탁했다.

"그런데요, 맥 보좌관님."

"네, 라나사 양."

"피해자 '들'이라고 말씀하셨는데, 야도란 자가 몇 명이나 죽인 건가요?"

"…아흔아홉 명입니다."

"아, 아흔아홉이요?"

질문한 라나사는 물론 친구들과 이언, 가르디엥까지 놀란 표정을 감추지 못했다. 하지만 그다음 말이 더 가관이었다.

"알려진 바로만 그렇습니다. 실질적인 피해자는 그보다 더 많을 거라고 추정됩니다."

"완전 미친놈이네요."

라나사는 마치 더러운 게 몸에 닿은 양 부르르 어깨를 털었다.

"…야도."

점점 가까워지는 성채를 바라보며 바율은 조용히 그 이름을 입에 담았다.

정중한 부탁으로 살인을 저지르는 희대의 악마. 야만의 도시, 아리아나를 5년째 집권하고 있는 갱단의 두목.

어째선지 델러바인 백작보다도 그를 상대하는 것이 더 껄끄러울 것 같다는 예감을 지울 수 없었다.

2.

쿠웅!

잉그리드는 깃털처럼 사뿐히 착륙했지만, 그 소리만은 결코 가볍지 않았다. 녀석이 날갯짓을 할 때마다 엄청난 강풍이 주변에 휘몰아쳤다.

"기습이다!"

갑작스레 내성을 침투한 일행을 오해하고 병사들이 몰려들었다. 그들은 전시가 아님에도 중무장 상태였다. 날랜 동작들이 평소에도 훈련이 잘되어 있음을 짐작할 수 있었다.

"나예요."

칼라가 잉그리드의 위에서 훌쩍 뛰어내리더니 병사들을 향해 얼굴을 들었다.

"카, 칼라 아가씨?"

"영애님이 돌아오셨다! 어서 영주님께 사실을 고하라!"

만월 기사단에 입단하고자 아리아나를 떠나기 직전까지도 칼라는 연무장에서 거의 살다시피 했었다. 그 덕에 말단

병사에서부터 계급이 높은 기사들까지, 그녀의 얼굴을 모르는 이들은 거의 없다고 봐도 무방했다.

더욱이 그녀는 델러바인 백작이 제 목숨보다도 아끼는 귀한 딸이었다. 칼라의 귀환 소식은 들불처럼 성내에 빠르게 퍼졌다.

"칼라!"

일행이 옥내로 들어서기도 전이었다. 얼마나 반가웠으면, 쩌렁쩌렁한 외침과 함께 중년인이 달려 나왔다. 그 뒤로 젊은 사내 넷이 뒤따르고 있었는데, 생김새가 비슷한 게 칼라의 오빠들인 듯했다.

"아버지."

화색을 띠고 있는 델러바인 백작과 달리 칼라의 표정은 서늘하기만 했다. 원래도 애교가 넘치는 편은 아니었지만, 어딘지 달라진 딸의 태도에 백작은 순간 주춤거렸다.

"우선 인사 나누세요. 란데르트 백작님이십니다."

칼라의 소개에 그제야 델러바인의 눈에 바율 일행의 모습이 들어왔다. 막내딸이 왔다는 말에 놀라고 기쁜 나머지 녀석이 만월 기사단에 입단했다는 사실을 잠시 잊고 있었다.

"이미 아시겠지만, 폐하의 명으로 아리아나의 재해를 해결해 주시고자 귀한 시간을 내어 방문해 주신 분입니다. 저는 만월 기사단으로서 백작님을 수행하는 중이고요. 부디 예를 갖춰 대해 주십시오."

칼라는 돌려 말했지만, 그녀의 말뜻이 무엇인지 델러바인 백작은 충분히 알아들었다. 딸인 자신을 반기기 이전에, 특무 대신인 바율부터 제대로 대접하라는 소리였다.

"하하, 녀석. 그사이 완전 만월 기사단이 다 됐네."

"우리 사이에 뭘 그렇게 딱딱하게 구는 건데?"

"이게 얼마 만에 보는 건 줄이나 알아?"

"근데 머리를 짧게 깎았네. 피부가 조금 하얘진 것도 같고…… 날씨 때문인가?"

칼라가 돌아온 걸 반가워하는 건 델러바인 백작뿐만이 아니었다. 그녀의 오빠들도 예상치 못한 막냇동생의 등장에 제법 상기되었다.

"제 말, 듣지 못하셨습니까?"

칼라는 가족들이 저를 보고 이리 나올 것을 어느 정도 예측하고 있었다. 태어나면서부터 다섯 남자에게 과분하리만치 애정을 듬뿍 받고 자란 그녀였다.

평소라면 자신 역시 달가워하며 가족들에게 안겼겠지만, 지금은 엄연히 바율을 보필하는 중이었다. 게다가 그러고 싶은 기분 또한 아니었다.

"다시 설명해 드려요?"

칼라는 한 걸음 뒤로 물러나며 바율을 더욱 앞에 세웠다. 이쯤 하면 제발 아버지와 오빠들이 알아듣기를 바라면서.

바율은 분명 현 제국에서, 아니 대륙 전체를 통틀어서 가장 위상이 높은 귀족이라 할 수 있었다. 배경도 배경이지만, 그가 가진 능력이 그를 그렇게 만들었다.

하나 실상 바율을 대면하면 어린 나이와 순하게 생긴 외모 탓인지, 이따금 저도 모르게 편히 대하는 이들이 있었다. 좋게 말하면 그렇다는 거지, 한마디로 만만하게 보는 경향이 있다는 것이다.

바율이 만월 기사단이라도 이끌고 다니면 낫겠지만, 지금도 수행원이라고 따라온 이들이 고작 열 명 남짓이었다. 심지어 개중 다섯은 친구들이다.

그의 진정한 능력을 보고 나면 두려움에 눈도 제대로 맞추지 못할 거면서, 왜들 그렇게나 바보처럼 구는 건지.

그 무리에 자신의 가족이 포함된다는 게 칼라로서는 씁쓸할 뿐이었다.

"아리아나의 영주, 델러바인 백작입니다. 이 먼 곳까지 어려운 발걸음을 해 주시다니. 영광입니다, 란데르트 백작님."

딸의 정색에 당황하긴 했으나, 델러바인 백작은 곧 정신을 추슬렀다. 그의 변화를 기민하게 알아챈 아들들도 즉각 허리를 숙이며 바율에게 예를 갖췄다.

"바율 혼 란데르트입니다. 만나 뵙게 되어 반갑습니다."

바율이 인사하자, 칼라가 이언을 시작으로 일행에 대해 간단한 소개말을 덧붙였다. 그녀의 설명이 이어질수록 웬 어린 소녀와 소년들인가 싶었던 이들의 눈에 놀라운 기색이 차올랐다. 신분들이 하나같이 굉장해서 무시할 수 있는 수준이 아니었기 때문이다.

뿐이랴.

인어족과 엘프족을 이토록 코앞에서 마주하는 건 그들에게 처음 있는 일이었다. 인간과 확연하게 다른 지느러미 귀와 뾰족한 귀 끝도 신기하지만, 무엇보다 선연하게 빛나는 아름다움에 그대로 시선을 빼앗겼다.

반면 바율의 호위 기사라는 마황과 데스의 분위기는 어쩐지 보는 것만으로도 오금이 저려서 황급히 눈을 내리깔아야만 했다.

"오시느라 피곤하였을 텐데 어서 안으로 드시지요. 첫째가 직접 안내할 것입니다."

델러바인 백작이 정중한 몸짓으로 실내를 가리키며 장남에게 눈짓했다.

"이쪽입니다."

백작의 첫째 아들, 아인은 아비의 말이 끝나기가 무섭게 앞장섰다. 백작이나 그런 아들이나, 겉보기엔 완벽했다. 그

러나 칼라를 향한 그들의 눈빛만큼은 갈대처럼 흔들리고
있었다.

"……."

바율은 얼음이라도 된 듯 차갑게 서 있는 칼라를 슬쩍 쳐
다보고는 이내 아인을 따라 걸음을 옮겼다. 그녀가 과연 어
떤 선택을 하게 될지 자못 궁금했다.

3.

"허허! 그 조그만 새가 아까 그 거대한 녀석과 같은 놈이
란 말인가? 도무지 믿기지가 않는군!"

일행에게는 각자 독실이 주어졌다. 후덥지근한 기후 탓
에 미지근한 목욕물이 바로 마련되었고, 깨끗이 씻고 난 후
에는 곧장 식사 자리에 초대되었다. 천장이 까마득하게 높
은 식당에 도착하자 온갖 진귀한 요리들이 커다란 탁자를
가득 채운 채 그들을 기다리고 있었다.

잉그리드는 그 탁자 위에서 에이단이 준 자그마한 과일
하나를 콕콕 찍어 먹는 중이었다.

"이 녀석의 이름은 잉그리드라고 합니다. 저와 어릴 때
부터 함께 자랐지요. 제 가장 친한 친구라고 생각하시면 될

겁니다."

"레오네트 백작님에게는 내가 늘 신세를 지고 있다네. 그 많은 물량을 여태 단 한 번도 누락 없이 운송해 주신 덕에 아리아나가 유지되는 것이나 마찬가지지."

"할아버지께선 언제나 완벽을 추구하시는 분이시죠. 앞으로도 많은 애용 부탁드립니다."

에이단은 잉그리드의 머리를 쓰다듬으며 조금은 농담조로 대꾸했다.

"껄껄, 레오네트 백작께서 꽤 유쾌한 손자를 두셨군!"

델러바인 백작이 웃으며 손짓하자, 잉그리드의 앞으로 몇 가지 과일이 더 놓였다.

"그 큰 몸을 유지하려면 많이 먹어야지. 필요한 게 있다면 뭐든 말하게."

"삐욕!"

때마침 고맙다는 듯 잉그리드가 소리를 내자 백작이 더욱 크게 웃음을 터뜨렸다. 덕택에 무겁게 가라앉아 있던 식당 공기가 약간은 환기되는 느낌이었다.

델러바인 백작은 여전히 무뚝뚝하게 입을 다물고 있는 딸을 잠시 바라보다가 바율에게 물었다.

"음식은 입에 맞으십니까?"

"아니, 별론데."

'물론입니다' 하고 답하려던 바율보다 한발 먼저 불퉁한 언사가 튀어나왔다. 일행에게 그 음성의 주인공은 보나 마나였고, 바율은 작게 한숨을 내뱉으며 이마를 짚었다.

"고기는 질기고, 수프는 너무 짠 데다가, 이놈의 빵은 돌이라도 씹는 것 같군. 아무래도 주방장을 바꿔야겠어."

"동감이야."

데스의 불평에 고개를 끄덕이는 건 마황이 유일했다. 모든 요리의 기준이 리타에게 맞춰진 그들은 다른 음식들을 먹을 때면 이처럼 신랄한 비평가가 되고는 했다.

물론 그런 둘의 앞에는 빈 접시가 수두룩했다. 입으로는 이러쿵저러쿵 떠들어도 어딜 가든 제일 많이 먹는 건 그들이었다.

그에 델러바인 백작과 아들들이 어처구니없는 표정을 짓는 게 보였다.

바율은 부러 서둘러 화제를 돌렸다.

"아리아나의 문제는 무엇입니까? 아직까지 자세하게 전달받은 사항이 없어서 말입니다. 혹, 광산과 관련이 있는 일입니까?"

아리아나를 대표하는 특산물은 광물이었다. 제국 최대의 탄전인 자이아 탄광에 버금가는 양질의 원석과 광물들이 이 땅에 묻혀 있다. 그와 연관된 문제가 아니라면, 황제가 굳이 바율을 이리로 보냈을 리 없었다.

"아, 맞습니다. 영지민들 대다수가 광업으로 먹고사는 실정인데, 요즘 들어 갱도가 연이어 무너지는 사고가 벌어져서 말입니다. 아무래도 그게 화산의 영향인 듯하여, 폐하께 도움을 요청하였습니다."

델러바인 백작의 관심은 역시나 바로 옮겨 왔다.

오래도록 대를 이어 광산업에 종사한 만큼, 그의 곁에도 전문가들은 수두룩했다. 하지만 아무리 잘 안다고 해서 재해를 막을 수 있는 건 아니었다.

갱도가 무너지면 인부를 잃는 것은 둘째 치고, 손실액이 막대하다.

델러바인 백작가는 부로 권력을 쥐게 된 가문이었다. 그 원천을 잃는다면 결국 권력도 사라지게 될 것이다. 그건 절대로 안 될 말이었다.

"근래 지진이 일어났던 적은 있습니까?"

"큰 규모는 없었습니다."

"작은 규모는 있었다는 말씀이군요."

"예, 뭐. 아리아나에선 드문 현상이 아니라서요."

이곳에서 살다 보면 자잘한 흔들림까지 신경 쓰는 예민함은 금방 소멸될 수밖에 없었다.

"음, 화산이라."

얼추 예상은 하고 있었다. 바율은 잠시 무언가를 곰곰이 생각하다가 스피넬을 불렀다.

"스피넬."

바율이 갑작스레 허공에 대고 누군가를 부르자 델러바인 백작은 의아한 기색을 감추지 않았다. 하나 그의 얼굴은 이내 놀라움으로 뒤바뀌었다.

"네, 바율 님."

돌연 온몸에서 활활 불꽃을 태우며 웬 소녀가 등장했기 때문이다.

말로만 듣던 정령을 직접 눈앞에서 마주하자 백작과 그의 자식들뿐 아니라, 열심히 음식을 나르며 시중을 들던 하인들까지 전부 하릴없이 입을 벌린 채 눈만 슴벅거렸다.

불구덩이 속에서도 멀쩡히 살아 있는 사람이라니. 정령에 대한 개념을 아직 잘 모르는 그들에겐 스피넬이야말로 불의 여신과도 같이 비쳤다.

"화산의 상태가 어떤지 살펴봐 줘. 급하지 않으면 내일까지 거기서 쉬어도 좋아."

아리아나는 스피넬에겐 최적의 도시였다. 위험한 상황이 아니라면 용암 속에서 시간을 보내는 것도 괜찮으리라.

인간들에게 용암이란 다 똑같이 뜨겁게만 느껴질 테지만, 스피넬에겐 아니었다. 이노센트처럼 수다스럽게 이야길 늘어놓진 않아도, 녀석의 달라진 기분을 바율은 알아차렸다.

거대한 활화산이 꿈틀거리는 이곳에 들어설 때부터 스피넬은 무척이나 설레고 있었다.

"다녀오겠습니다."

바율에게 인사하고 사라지는 스피넬의 입가에 모처럼 미소가 걸렸다. 그걸 마치 부럽다는 듯 일라이가 코를 찡긋거리며 보고 있었다.

Chapter 10.
약점

1.

이른 저녁 식사가 끝났다. 일반적인 순서라면 술자리로 이어지는 게 보통이지만, 바율은 아직 미성년자였다.

더욱이 타지에서 온 손님이 여유를 즐기기에 아리아나의 날씨는 다소 무리가 있는 편이었다.

하여 일행은 보좌관인 맥을 제외하고 델러바인 백작과 내일 아침을 기약한 후 숙소로 돌아왔다. 맥의 임무는 백작에게서 더 많은 정보를 얻어 내는 일이었다.

"라이. 아까 보니까 스피넬을 엄청나게 부러워하는 것 같던데, 너도 가서 좀 쉬는 게 어때?"

"나만 쉬라고?"

일라이가 소파에 등을 깊숙이 묻은 채 바율을 응시했다.

"바율 너, 밖에 나갈 거잖아. 아니야?"

"…어떻게 알았어?"

바율은 내심 놀라서 눈을 둥그렇게 떴지만, 친구들의 표정을 보니 일라이만 그렇게 생각하는 게 아닌 듯했다.

"우리가 널 모르냐?"

"아리아나의 실상을 알려면 네 소식이 퍼지기 전에 후딱 가서 살펴봐야지. 델러바인 백작과 야도란 자가 짜고 멀쩡한 척하면 다 소용없잖아. 뭐, 네 능력이면 그래도 어차피 다 밝혀낼 테지만 말이야."

"그래서, 언제 갈 건데?"

라나사는 언제든 뛰쳐나갈 준비가 되었다는 듯 전신에 가득 힘을 준 채 바율에게 물었다.

기실 그녀는 어제부터 전의로 불타오르고 있었다. 일전에 노예 상인에게 붙잡혀 갔던 소중한 친구, 아실이 기억난 게 틀림없었다.

"저기, 난 그냥 조용히 혼자 다녀올까 했는데……."

"바율, 너 혼자서?"

"으응. 왜?"

"안 돼. 같이 가."

퀸은 바율이 당장 간다는 것도 아닌데 흠칫하며 다가와

옆에 섰다. 바율을 내려다보는 그의 푸른 눈동자엔 간절함까지 비쳤다.

"내가 또 폭주할까 봐 그래?"

"……."

무언은 긍정이라 했던가.

자신을 향한 퀸의 과도한 염려를 모르는 바 아니기에, 바율은 난처한 눈빛으로 해명했다.

"단체로 움직이면 너무 눈에 띄잖아. 그리고 내가 진짜 혼자인 것도 아니고."

바율 곁에는 보이지만 않을 뿐이지, 항시 사대 정령이 대기 중이었다. 스피넬만 하더라도 그렇다. 녀석은 지금 바율이 부르기만 하면 용암에서 놀다가도 바로 날아올 것이다.

"그럼, 눈에만 안 띄면 되는 거지?"

"응?"

일라이가 그림 같은 미소를 지으며 친구들을 쓱 훑어보았다. 늘 느끼는 거지만, 녀석이 웃을 때면 공기마저 달라지는 듯한 기분이 든다. 조금 전 식사 때도 녀석을 훔쳐보는 눈들이 많았다.

만약 미모로 세계를 제패할 수 있다면 일라이는 대륙을 일통하고도 남을 것이다.

가끔씩 바율은 저도 모르게 그런 쓸데없는 상상에 빠질 때가 있었다.

"내가 누구냐. 장차 커서 드래곤 로드가 되실 몸이다, 이 거야."

"갑자기 뜬금없이 뭔 소리래?"

"그런 건 최소한 로드 비슷한 거나 되고 나서 하는 말이 란 걸 알려 주고 싶구나, 친구야."

"넌 아직 헤츨링이란 걸 잊지 말라고."

"그것도 덩치만 겁나게 큰 헤츨링이지."

친구들이 약속이라도 한 듯 차례대로 비꼬자 일라이가 팔짱을 끼며 반격했다.

"이런 식으로 나오시겠다? 바율을 안 쫓아가겠다는 거 지, 지금? 내가 마법으로 눈에 안 띄게 손 좀 봐 주려고 했 는데, 아무래도 관둬야겠군."

"…뭐?"

"라이, 그게 가능해?"

친구들을 솔깃하게 만들기에 충분한 말이었다. 에이단은 덥석 일라이의 손목부터 잡았다.

"믿는다, 친구야! 넌 미래에 반드시 훌륭한 로드로 성장 할 거야!"

"음. 레드와 레드의 조합으로 탄생한 유일무이한 존재이니, 분명 그럴 거다!"

"푸흡! 퀸, 너 급하긴 되게 급했던 모양이다?"

에이단의 아첨에 고개를 끄덕이며 만족감을 드러내던 일라이가 더는 참지 못하고 웃음을 터뜨렸다. 퀸이 평상시 쓰던 말투가 아니기도 했거니와, 칭찬을 한다는 얼굴이 너무나 비장했기 때문이다.

"바율이 너 놔두고 나갈까 봐 그렇게 겁나냐? 암튼 바율만 엄청 챙기지."

"…그래서 해 줄 거야, 말 거야?"

인어족인 퀸은 귀를 가리지 않는 이상 눈에 띌 수밖에 없었다. 날씨라도 추우면 로브나 모자를 눌러쓰겠지만, 이곳은 한여름이었다. 그런 짓을 했다간 오히려 나 좀 봐 주세요, 하는 꼴이 될 것이다.

"네 녀석이 하도 절박해 보여서 안 해 줄 수가 없겠다!"

장난으로라도 싫다고 했다간 절교당할 기세였다.

"가르디엥도 갈 거죠?"

가르디엥은 차를 마시며 옥신각신 떠드는 바율과 친구들의 모습을 지켜보고 있었다. 마족도 마족이지만, 드래곤이 인간과 마음을 주고받는 진정한 친구로 지내고 있다는 사실에 그는 여전히 놀라움을 금하지 못했다.

"물론입니다."

가르디엥의 말이 끝나기 무섭게, 일라이가 엄지와 검지로 원을 그리며 즉시 실행에 들어갔다.

"다들 놀라지 마라!"

녀석은 그저 놀라지 말라는 말을 뱉었을 뿐이었다.

"엇!"

"으, 으앗!"

무어라 답하기도 전에 일행의 모습이 순식간에 달라졌다. 퀸의 지느러미 귀와 가르디엥의 뾰족한 귀가 인간과 똑같은 둥근 형태로 변해 있었고, 일행이 입고 있던 값비싼 재질의 옷들도 전부 이곳 기후에 맞게 얇고 평범한 복색으로 바뀌었다.

"놀라지 말라니까. 진짜로 변한 건 아니고, 그렇게 보이게만 한 거야. 어때, 바율? 이 정도면 괜찮겠지?"

일라이는 자신의 작품(?)을 자랑스럽게 둘러보며 바율의 평을 기다렸다.

"어…… 아무도 안 쳐다볼 것 같긴 하네."

바율은 어쩐지 어색해서 퀸을 똑바로 마주 볼 수가 없었다. 지느러미 귀가 아닌 퀸은 진짜 퀸이 아닌 것만 같다고 해야 할까.

퀸도 비슷한 마음이었는지 실내 한쪽을 차지하고 있는 거울 앞에서 멍하게 저 자신을 보고 있었다.

"야, 근데 넌 뭐냐?"

"내가 뭘?"

모자 속에 잠든 잉그리드의 안전을 확인하고 난 에이단은 변한 친구들의 모습을 보다가 순간 기가 막혔다. 정확히는 일라이의 차림새를 보고.

"우리, 눈에 안 띄어야 한다면서."

"그래. 그래서 내가 바꿔 놓았잖아."

"넌 그게 바꾼 거냐?"

그제야 에이단을 따라 바율과 친구들이 일라이를 주목했다. 그리고 그들은 잠시 할 말을 잃었다.

"표정들이 왜 그래?"

"……."

"왜? 내 옷차림에 뭐 불만이라도 있어?"

"라이…… 그건 좀…….."

"네가 화려하고 요란한 취향을 가진 건 잘 알겠는데, 진짜 그건 아니다."

"우리는 이렇게 칙칙한 색을 입혀 놓고, 넌 뭐가 그렇게 번쩍거리냐? 제발 관심 좀 달라고 호소라도 하는 거냐?"

그랬다. 친구들은 몽땅 색이 바랜 듯한 어두운 계열의 복장인 것에 비해, 일라이의 옷은 여전히 붉은 빛깔을 고수하고 있었다. 액세서리가 현저하게 줄어들기는 했지만, 옷 자체에 자수가 새겨져 있어 별로 달라져 보이지도 않았다.

"많이 수수해졌잖아! 여기서 얼마나 더 타협해야 하는데? 난 너희처럼 그런 거지꼴은 못 해!"

"…거지꼴?"

"아, 아니! 그러니까…… 내가 원체 피부가 하얀 편이라 빨강이 아니면 잘 받지를 않아. 내가 그냥 레드가 아니에요. 퀸도 아까 그랬잖아. 레드와 레드의 조합으로 탄생한 유일무이한 존재라고. 나는 이게 정말 최선을 다한 거야. 그러니……."

"라이는 남고 싶으면 남아."

거지꼴이란 단어에 험상궂어진 친구들을 달래고자 나오는 대로 마구 내뱉던 일라이가, 돌연 거짓말처럼 꾹 입술을 다물었다.

바율의 발언은 마지막 기회와도 같았다. 여기서 물러나지 않으면, 정녕 일라이 혼자만 비참하게 버려질 것이다.

"알겠어……."

일라이가 시무룩해져서는 바로 다시 고쳐 입었다. 물론 그 역시 붉은 빛에서 크게 벗어나지는 않았다. 그래도 자수가 없어졌고, 액세서리도 팔찌와 목걸이뿐이라서 친구들은 이 정도에서 조용히 넘어가기로 했다.

녀석이 꼭 세상을 다 잃기라도 한 듯한 얼굴을 하고 있어서 도저히 뭐라고 할 수가 없었다.

평소 패션에 예민하게 구는 일라이의 성정을 모르지 않기에 더 그랬다.

"그럼 가 볼까?"

"어디부터 갈 건데?"

불쑥 끼어든 음성의 주인공은 데스였다. 언제 방에 들어왔는지 그의 옆에는 마황도 함께였다.

"댁들은 왜 가려고?"

심사가 꼬일 대로 꼬인 일라이가 턱을 치들자 마황은 도리어 어이없다는 반응이었다.

"당연한 걸 뭘 물어? 바율이 가면 나도 가는 거지."

그게 대체 언제부터 당연해진 건지는 모르겠지만, 그의 발언에 에이단은 문득 이언이 떠올랐다.

"바율, 이언 경께는 말해야 하지 않을까?"

"아니, 그럴 필요 없어."

"그럴 필요가 없다니? 왜?"

"이미 다른 일로 바쁘시거든. 칼라 경을 살피고 계시는 중이야."

바율은 그녀가 줄곧 신경 쓰였다. 저녁 식사 자리에서도 묵묵히 식사만 하던 태도로 보건대, 직접 확인코자 홀로 몰래 움직일 게 뻔했다. 그러다 행여 불미스러운 사고가 생기지는 않을까 우려되었기에 바율은 미리 이언에게 넌지시 칼라를 부탁했다.

칼라는 만월 기사단의 후배이니 이언 역시 어느 정도 책임감을 느끼는 듯했다. 해서 그는 오늘 칼라의 뒤를 쫓을 예정이었다.

"칼라 경, 은근히 걱정된다."

"그러게."

"충격을 덜 받으셔야 할 텐데."

만월 기사단이 된 이상 언젠가는 겪어야 할 성장통이긴 했지만, 그래도 모질고 혹독한 현실인 것만은 분명했다.

"보초병들의 시야를 피해야 하니까 공간 이동이 나을 거다."

"마력을 사용하시게요?"

데스가 그렇게만 해 준다면 일행에겐 더없이 편한 일이었다. 템페스타에게 부탁하려 했던 바율이 반색하자 데스가 어깨를 으쓱이며 말했다.

"어차피 로드도 막 나가기로 했다잖아. 거리도 그리 멀지 않으니, 뭐. 이 정도는 괜찮겠지."

그러고는 준비하란 어떤 말도 없이 갑작스레 검은 기운을 내쏘더니, 단번에 밖으로 이동했다.

2.

아리아나는 겉보기엔 다른 도시와 크게 다른 점이 없었다. 아니, 오히려 웬만한 도시보다 거리에 활기가 넘쳐났다.

시장통에서 값을 흥정하는 상인과 손님들의 목소리가 끊이지 않고 들려왔다.

어디 그뿐인가. 행인을 붙잡고 호객 행위를 하는 식당의 종업원들부터, 가판대에서 바로 음식을 만들어 파는 사람들까지. 범죄자들의 소굴이라고는 믿기지 않을 정도로 너무나 평범했다.

그런 와중에도 일반인의 복장을 하고 있지만 특유의 분위기까지 사라지는 것은 아니라서 그런지, 바율 일행에게 때때로 시선들이 쏠리기도 했다.

"저건 신전인가?"

그러다 신전 하나를 발견했다.

"호오, 여기도 신을 모시기는 하나 보네?"

"무슨 신인지 가 보자."

도시 중심에 우뚝 솟은 첨탑들은 척 보기에도 굉장히 정교하고 화려했다. 건물의 지붕과 처마엔 수많은 조각상이 크기 별로 나란히 도열해 있고, 그 아래를 지탱하고 있는 다섯 개의 거대한 기둥에는 휘황찬란한 원석들이 박혀 있었다.

"아주 광물로 처발라 놨네."

라나사가 비죽거릴 때였다. 신전의 정문을 지키고 있던 사제 하나가 웃으며 그들에게 인사했다.

"쾌락의 신전에 오신 것을 환영합니다. 안으로 들어가시겠습니까?"

"쾌락의 신?"

이름부터가 어쩐지 거부감이 들었다. 그에 친구들이 인상을 찌푸리는데, 크루델리스가 기가 찬다는 듯 말했다.

"뭐야, 얘들도 신전이 있었어?"

"…얘들이라니요?"

"와, 마황 체면이 말이 아니네. 이제 좀 슬슬 열이 뻗치는 것 같기도 하고."

싸한 표정으로 보건대, 크루델리스는 당장이라도 눈앞의 신전을 때려 부술 것만 같은 기세였다. 그래서 바율은 일단 그를 끌고 신전에서 조금 멀어졌다. 다행히 사제는 입가에 미소를 띤 채 쳐다보기만 할 뿐, 일행을 따라오지는 않았다.

"근데 쾌락의 신도 마신인 겁니까?"

바율뿐 아니라 다들 듣도 보도 못한 눈치였다. 대륙 천지에 많은 신전만큼이나 그들이 믿는 신들 역시 다양하다는 건 익히 알고 있었지만, 쾌락의 신은 확실히 어감부터 그들의 취향이 아니었다.

"요즘 한창 떠오르는 신예라고나 할까."

"신예요?"

데스의 서늘한 말투에 바율의 고개가 기울어졌다.

"신흥 마족이라고 보면 돼. 서열이 꽤 많이 올랐더군. 아몬이 있었으면 더 자세한 설명을 해 주었을 텐데, 아시다시피 내가 그런 데 워낙 관심이 없는 편이라."

"아니 다행이다."

성의 없는 동생을 힐난하며 마황이 친절한 설명을 덧붙였다.

"원래는 저 밑에서 놀던 녀석들인데, 근래 서열 순위가 34위로 껑충 뛰었지. 잡신치고는 참 괄목할 만한 성과야."

"그러니까 본래는 약한 마족이었는데, 갑자기 강해졌다는 뜻입니까?"

"맞아. 이제 꿇어 엎드려서 내 발가락에 키스 정도는 할 수 있게 되었지."

"근데 좀 전부터 왜 자꾸 녀석들이라고 하는 겁니까? 꼭 쾌락의 신이 여럿인 것처럼 말씀하시네요."

로건의 예리한 지적에 크루델리스가 느른하게 눈동자를 깜박거렸다.

"여럿까지는 아닌데, 네 말도 틀린 건 아니야. 둘이거든."

"…둘이라고요?"

"그래. 저기 기둥들 좀 보라고."

마황이 가리키는 곳엔 거의 벌거벗은 남녀 한 쌍이 야릇한 자세를 한 채 입술을 맞대기 직전의 모습이 적나라하게 조각되어 있었다. 바율과 친구들이 애써 보지 않으려 의식했던 것이었다.

"쌍둥이 남매야."

"…나, 남매요?"

"응, 누나랑 동생이지."

차라리 몰랐으면 더 나을 뻔한 정보였다. 안 그래도 지나치게 선정적이라 마음에 들지 않았거늘, 둘이 남매라는 사실을 알고 나니 이젠 불결함마저 느껴졌다.

"디자이어와…… 데지르라고 하던가?"

이름이 자못 헷갈리는 듯 크루델리스가 눈매를 모았다.

"역시 아몬이 없으니 불편한 점이 많군."

항상 마계에 관해서 막힘없이 해설을 해 주던 아몬의 존재가 아쉽긴 바율도 마찬가지였다.

"아무튼, 놈들이 왜 급작스레 서열 월반을 했는지 이제야 좀 이해가 가네."

마황과 데스가 나란히 가라앉은 눈빛으로 쾌락의 신전을 응시했다.

"…설마 저 신전 안에서 제가 생각하는 일들이 벌어지는 건 아니겠죠?"

돌연 라나사가 질문을 던진 건 그때였다. 머릿속으론 갖은 상상이 피어나고 있었지만, 그녀는 진심으로 자신의 망상에 불과하길 바랐다.

"난 지독한 절망 속에서 태어났다. 그런 내게 절망은 힘의 근원이자 원천이지."

"마계는 살 떨리게 냉혹한 곳이거든. 냉혹의 신인 내게는 딱 어울리는 장소이긴 하지만."

라나사의 물음에 데스와 마황은 엉뚱한 답변만 늘어놓았다. 하지만 둘의 말을 곰곰이 짚어 보면 분명한 사실 하나가 있었다.

"쾌락의 신에게 가장 필요한 건 쾌락이겠군요."

"그 쾌락이 그들을 더욱 강하게 만들어 줄 테고요."

쾌락은 다양한 방면에서 느낄 수 있는 아주 포괄적인 감정이었다. 재밌는 책을 읽은 후에도, 혹은 무언가를 노력해서 이루고 난 뒤에도, 또는 갖고 싶었던 물건을 끝끝내 쟁취하게 되었을 때 등 많은 정신적 만족감이 그에 해당한다.

그러나 무엇보다 가장 본능적이고 폭발적인 쾌락을 꼽으라면 역시 성적 쾌감일 것이다. 신전의 기둥에 하고많은 자세 중 하필 야릇한 움직임을 형상화한 조각이 새겨져 있는 것만 봐도 알 수 있었다.

"하나 더 알려 줄까?"

마황이 바율을 향해 웃음을 지어 보이며 말을 이었다.

"마신의 힘은 신전과 신도의 수에 영향을 받을 수밖에 없어. 믿고 충성하는 이가 많을수록 위세가 높아지거든."

"…인간계에서 유명하고 널리 알려진 신일수록 그 능력도 세진다는 말씀입니까?"

"정확해!"

"그렇지만, 그러기에 두 분은……."

마황의 은백색 눈동자가 가늘어지자 에이단이 슬쩍 시선을 피했다. 기적의 치료술로 절망의 신전의 위상이 높아지긴 했다만, 사실 그전까지는 이렇다 할 명성이 있는 것도 아니었기 때문이다.

냉혹의 신전은 또 어떤가.

바율과 친구들은 아직까지도 그런 신전이 어디에 붙어 있는지조차 알지 못했다.

"어디나 예외는 있는 법. 우린 태생이 달라. 저런 잡신이 아니라고."

마황의 어조는 나긋했지만, 한 번만 더 그딴 소리를 했다 간 후회하게 될 거란 분위기를 팍팍 풍겼다. 비교당하는 게 어지간히도 싫은 모양이었다.

"그게 바로 천족의 약점이기도 해."

"바율, 넌 또 갑자기 뭔 말이냐?"

뜬금없는 바율의 발언에 친구들의 눈이 둥그레졌다.

"저번에 내가 가르디엥 님께 물었었거든. 천족의 약점이 무엇인지."

"약점?"

"응. 천계와 싸우려면 미리 알아 둬야 할 것 같아서."

"그래서? 그게 뭔데?"

흥미로운 주제에 친구들이 바율에게 한 걸음씩 더 바투 다가섰다. 여전히 실감은 안 나지만, 그들은 언젠가 진짜 주신을 상대로 전쟁을 치러야 할지도 모른다. 약점을 미리 알면 당연히 도움이 될 것이다.

"이미 크리스 씨가 말했잖아. 몇몇 신들을 제외하면, 그 들에 대한 신앙심이 곧 힘과 능력이라고."

"아, 그럼 천신에 대한 인간의 믿음이 줄어든다면 천계 도 약해진다는 거야?"

라나사의 영민한 두뇌가 빠르게 돌아갔다. 그리고 그건 친구들도 비슷했다.

"신도를 잃으면 그만큼 천족의 힘이 감소한다는 뜻이군. 데스처럼 예외가 되는 신은 제외하더라도 말이지."

"오! 이건 몰랐다! 그런 연결 고리가 있었다니! 그러면 천신의 힘을 약화시킨 후에 전쟁을 하든, 뭘 하든 하면 되는 거겠네?"

"이론은 그래."

적의 취약점을 말하는 상황임에도 바율은 다소 딱딱한 목소리로 대답했다. 퀸 역시 표정이 그리 밝지만은 않았다.

"쉽지 않을 거야. 인간들은 기본적으로 마신보다 천신을 더 선호하니까."

어쩌다 보니 바율 주변엔 마신이 득실거리고 있지만, 확실히 대륙엔 마신보다 천신을 모시는 이들이 훨씬 많았다.

"그래서 물밑 작업이 필요한 겁니다."

가르디엥이었다. 잠자코 듣고만 있던 그가 일전에 바율에게 했던 말을 반복했다.

"천신의 기만을 알리든, 마신의 업적을 띄우든지 해서 인간들이 떠나게 만들어야죠. 정령계가 멸망하게 된 이유에 대해 알게 되면 분명 많은 인간이 천족에게 학을 떼며 돌아설 겁니다."

먼 옛날 인간을 위해 헌신했던 정령들의 노고를 알게 된다면, 그리고 그들이 왜 사라지게 되었는지까지 대중이 듣게 된다면 상황은 충분히 역전될 수 있었다.

"말로는 간단하죠. 하지만 정녕 그런 날이 오려면, 엄청난 노력과 시간을 투자해야 할 겁니다."

인간에 대해 다소 회의적인 퀸은 고개를 설레설레 저은 반면, 라나사는 호기롭게 주먹으로 허공을 내리쳤다.

"우린 할 수 있어. 아니, 해내야만 해. 그게 다 같이 살길이니까."

"라나사, 넌 참 겁이 없어."

"이제 알았니?"

라나사는 어깨를 으쓱이곤 이어 말했다.

"그리고 지금부터 그렇게 천족과의 싸움을 걱정할 필요는 없잖아? 난 우선 맞닥뜨린 과제부터 해결하고 싶은데."

그녀의 뜨거운 눈길은 어느새 쾌락의 신전을 노려보고 있었다.

저 거대한 건물 안에서 어떤 행위가 벌어지고 있는지, 직접 두 눈으로 확인해야 직성이 풀릴 것 같았다. 물론 그 후 자신이 무슨 짓을 벌일지는 장담할 수 없었다.

뿌우우—

그때 별안간 뿔 나팔 소리가 일행의 고막을 때렸다. 묵직하고 긴 나팔음은 일정한 시간 차이를 두고 연이어 울렸다. 시민들에게 뭔가를 알리기 위한 수단인 듯했다.

"이런, 또!"

신전의 정문을 지키던 사제가 황급히 안으로 뛰어 들어가려 했다. 그러나 로건이 한 걸음 더 빨랐다. 녀석은 재빨리 달려가 그 앞을 막으며 물었다.

"무슨 일입니까? 이 신호가 대체 뭘 의미하는 거죠?"

"악령입니다! 이달에만 벌써 다섯 번째입니다! 신이시여!"

사제는 사색이 돼서는 로건을 뿌리치고 다급하게 사라졌다. 그러고 보니 주위가 한순간에 어수선하게 변했다. 물건을 팔던 상인들도, 바삐 장을 보던 이들도 발을 재게 놀려가며 귀가를 서둘렀다.

"악령이라니, 뭔 소리지? 유령이라도 나타난다는 거야, 뭐야?"

"언데드가 출몰하는 지역인가?"

"설령 정말 그렇다고 해도, 지금은 아직 낮이야."

언데드는 밤에만 활동하는 몬스터였다. 라나사가 그건 아니라는 듯 단호한 음성을 발했다. 언더테이커가 있다면 또 다른 문제겠지만 말이다.

"뭔지는 가 보면 알게 되겠지."

무장한 병사들이 어딘가를 향해 이동하는 기척이 바율의 감각에 걸렸다. 마황과 데스 역시 이미 뭔가를 감지한 듯, 같은 곳을 바라보고 있었다.

"템페스타!"

달리는 일행 뒤로 템페스타가 바람을 일으키자 속도가 월등히 빨라졌다.

"이쪽은 툴가 산으로 가는 방향이야! 이 근방에서 가장 위험한 지역이랬어!"

번화가를 벗어나 흙길을 달려가며 라나사가 소리쳤다. 방에서 쉬는 동안 지도를 눈여겨보았기 때문인지, 그녀의 목소리엔 확신이 담겨 있었다.

"툴가 산이 위험한 이유가 뭔데?"

"화산 활동이 엄청나게 활발하기라도 한가 보지?"

"아니. 그건 아니야."

라나사의 풍성한 긴 생머리가 바람결에 나부꼈다. 뜨거운 날씨 탓에 이마에서 난 땀방울이 턱을 타고 흘러내렸다.

"그럼?"

"궁금하게 하지 말고, 좀 빨리 말하지?"

"악령! 지도 주석에 거기서 그게 나온다고 쓰여 있었어!"

'절대 접근 금지'라는 글귀와 함께.

사제의 말을 처음 들었을 땐 바로 떠올리지 못했지만, 멀찍이 보이는 불그스름한 산을 보니 저절로 기억이 났다. 당시엔 화산 폭발을 그런 식으로 표현한 건가 싶었는데, 사제의 반응은 왠지 그것과는 달라 보였다.

그렇게 얼마나 달렸을까.

제법 먼 거리였지만, 템페스타의 도움으로 무리 없이 도착할 수 있었다. 그런 일행 앞에, 낯선 이들이 모습을 드러냈다.

"…뭐야, 저것들?"

"스피넬 친구인가……?"

신체 구조는 인간과 흡사했다. 머리에 몸통, 팔과 다리가 달려 있고, 눈과 코, 입 또한 또렷하게 보였다. 다만 다른 점이라면, 돌처럼 딱딱한 피부에 온몸이 불로 뒤덮여 있다는 것이었다.

〈다음 권에 계속〉